KB100235

잎의 방패

짚의 방패

키우치 카즈히로 지음

목차

911
POLICE

프롤로그

"경찰청에서 각 방송국에 뿌려주는 뉴스 중에 기타자와 경찰서 관할 내에 어떤 사람이 쓰러져 있다는 내용이 있었습니다. 미나미마츠바라 5번지 부근입니다. 가장 가까운 중계카메라가 어디에 나가 있지요?"

"기타자와 우메오카 3번지에 있습니다."

"지금 현장 중계카메라 연결되었습니다. 저는 지금 사건 현장인 미나미마츠바라 5번지 인근의 숲에 나와 있습니다. 개를 데리고 산책을 하던 마미야라는 남성이 신고한 내용입니다. 어떤 사람이 쓰러져 있는 것 같아 가 보았더니, 하반신은 알몸인 상태이며, 아마도 여성, 어린 아이로 추정된다고 합니다. 생사는 아직 불분명합니다. 이상입니다."

"현장 상황 잘 알겠습니다."

"사건 접수번호 7701번, 신고 시각은 4시 9분이며, 저는 사카이였습니다. 감사합니다."

"알겠습니다."

"이상 현장에서 전해드렸습니다."

손녀 치카가 아직 집에 돌아오지 않자, 니나가와 타카오키 회장의 심장은 본능적으로 불길한 징조를 느끼기 시작했다.

니나가와 회장은 예전에 심장 질환으로 두 차례 입원한 적이 있다. 그는 질산이소소르비드 알약을 꿀꺽 삼켰다.

손녀 치카는 세다타니구 안에 있는 사립초등학교를 다니고 있다. 내년이면 2학년이 된다. 학교는 아이 걸음으로도 20분 정도 거리에 있다. 평소라면 4시쯤이면 돌아와야 맞다.

해가 지기 전까지는 치카의 엄마이자 며느리인 마스미가 니나가와 회장을 안심시키기 위해 곧 돌아올 것 같다고 했지만, 주변이 어둑어둑해진 뒤에는 아무 말도 하지 못했다.

'이건 유괴다! 내 손녀딸이 유괴당했어!'

니나가와는 확신했다.

니나가와 타카오키 회장은 일본에서 손가락에 꼽히는 대재벌이다. 그는 조그마한 앰프 제조업에서 시작하여 굴지의 글로벌 전자회사를 키워낸 입지전적 인물이다. 이제는 대재벌 그룹으로서 산하에 있는 계열사만 해도 1200개가 넘는다.

현재는 대표이사 자리를 전문 경영인에게 넘겨주었

지만, 여전히 최대주주로서 그룹 내 영향력은 막강하다. 그러니, 그의 회사는 여전히 니나가와의 왕국이나 다를 바 없었다.

치카의 학교에는 이미 연락을 취해 봤다. 치카는 평소대로 학교에 온 뒤 정상적으로 하교를 했다는 대답이 돌아왔다.

니나가와 집안의 모든 가족들과 집사, 학교 관계자 등이 전부 동원되어 치카를 찾고 있다.

"절대로 경찰에 신고하지 마라!"

니나가와가 엄명을 내렸다.

"범인의 목적은 돈이다! 돈은 얼마든지 줘도 된다. 치카만 무사히 돌아오면 되는 거야."

모두가 초조하게 유괴범이 전화해오길 기다렸다. 하지만 밤늦게까지도 전화는 오지 않았다.

'만약 치카가 이대로 돌아오지 않는다면?'

그런 일은 있을 수 없다고 마음을 단단히 먹었다. 하지만 이내 다시 불안이 니나가와 회장의 목을 조여왔다. 정말 미쳐버릴 것 같은 공포가 느껴졌다.

잠기운 따위는 전혀 없는데도 회장의 머리가 갑자기 멍해졌다. 니나가와는 스스로가 부끄러워졌다.

치카가 어떤 상황인지, 어떤 공포와 고통 속에 있는지도 모르는 상태에서 잠들어버릴 것 같은 자신이 한심했다.

새벽이 될 즈음 전화가 왔다.

마스미가 바로 전화를 받았다.

"에엣, 경찰이라고요?"

그리고 마스미는 수화기를 든 채 주저앉아 버렸다.

니나가와는 알아차렸다.

'치카가 돌아올 수 없는 강을 건넌 거야.'

니나가와는 가슴을 부여잡고 쓰러졌다. 의식이 흐려지는 것이 느껴졌다.

'그냥 이대로 죽게 해줘!'

하지만 니나가와의 그 외침이 입에서 나오지는 못했다.

니나가와 치카의 시신은 세다다니구에 있는 어느 숲에서 발견되었다.

새벽에 개와 산책하던 노인이 신고했다.

치카는 하반신이 알몸이었고 성폭행 후 살해된 것으로 추정되었다.

경찰청 수사1과는 기타자와 경찰서와 합동으로 특별 수사본부를 설치했다.

목격자의 증언과 범행 수법을 토대로 수사한 결과, 유력한 용의자 한 명이 떠올랐다.

키요마루 쿠니히데.

7년 전 같은 방법으로 소녀를 살해하여 작년에 센다이 교도소에서 가석방된 남자다. 곧바로 수사관이 키요마루의 주소지로 향했지만 이미 종적을 감춘 뒤였다.

경찰은 치카의 시신에 남아 있는 정액 속 DNA와 7년 전 사건에서 발견된 키요마루의 DNA를 대조해 보았다.

둘은 완전히 일치했다.

결국 전국에 키요마루 쿠니히데에 대한 지명수배가 내려졌다.

니나가와 회장이 의식을 되찾았을 때, 치카의 시신은 이미 화장터에서 한 줌의 재로 변해버리고 말았다.

'왜 치카가 죽고 내가 살아남았을까.'

니나가와가 입원한 대학병원 병실에서 아래를 내려

다보니 벚꽃이 만개해 있었다.

'치카도 저 벚꽃처럼 만개했어야 했는데….'

니니가와가 자민당의 유력한 정치적 후원자라는 점 때문에 경찰청장은 전국에 있는 지방 경찰청에 이례적일 만큼 철저한 수사망을 구축하라고 명했다. 하지만 키요마루의 행적은 여전히 알 수 없었다.

한편, 키요마루가 체포된다고 한들 뭘 어쩔 것인가.

두 소녀의 목숨을 앗아간 흉악범이라도 현행법상 사형을 할 수 없다는 사실은 니나가와도 잘 알고 있다.

니나가와의 나이는 올해 76세이다. 중증 심장질환도 앓고 있다.

시한부 판정을 받은 것은 아니나, 앞으로 얼마나 더 살지도 알 수 없다. 자신이 죽은 이후에도 키요마루는 이 세상에 남아 있을 것이라 생각하니, 너무 분해 도저히 눈을 감을 수 없을 것만 같았다.

결국 니나가와는 결심했다.

가장 믿을 만한 수하 직원을 통해 자신의 소원을 이뤄줄 해결사를 찾기로.

그 인물을 찾기 위해 정, 재계와 어둠의 인맥을 총동원하였고, 돈 따위는 아끼지 않았다. 구체적인 방법을 제시하지는 않았지만, 합법, 불법을 가리지 말라고도 했다. 수단 방법을 가리지 않고 그저 치카의 '복수'만 해주면 된다.

하지만 범인 키요마루는 현재 도주 중이다. 경찰의 수사망을 벗어나 행적조차 파악할 수 없다. 그러니, 니나가와가 찾는 해결사가 과연 세상에 존재할까. 니나가와의 소원을 들어줄 그런 인물 따위가 있을 리 없었다.

그렇게 약 열흘이 지날 무렵 한 남자가 은밀하게 니나가와 회장에게 연락을 해왔다. 어디서 소식을 들었는지 스스로 찾아온 것이다.

니나가와는 그자의 근본이 어떤지 전혀 모르지만 무조건 그자와 만나고 싶었다.

무일푼으로 대기업을 일궈낸 것이 쉬운 일은 아니다. 사람을 보는 눈 하나만큼은 그 누구보다 자신 있었다. 니나가와는 첫인상이나 명함에 휘둘리지 않는다. 능력 있는 인물인지 허언증 환자인지는 본능적으로 알 수 있다고 자신했다.

그자가 니나가와의 병실에 들어온 순간, 병실의 온

도가 1, 2도는 낮아진 것 같았다.

남자는 자신을 '사라이'라고만 소개했다. 물론 당연히 처음 듣는 이름이었다. 그저 싸구려 양복을 입고 있는 작은 체구의 중년 남자였다.

하지만 그자의 존재감은 압도적이었다. 자신도 모르게 숨이 막힐 지경이었다.

어둠의 존재감이라고 해야 할까.

어릴 시절 밤중에 화장실을 갈 때면 어둠 속에 누군가 있을 것 같다는 생각을 안 해본 사람은 없을 것이다. 무서워서 차마 뒤도 돌아보지 못한 채 빠르게 용변만 본 다음, 눈을 감고 복도를 지나 어머니의 품속으로 뛰어들던 그 기분! 바로 그때의 느낌이 되살아났다.

나이도 알 수 없었다. 어떨 때는 40대 같기도 했고, 어떨 때는 60대 같기도 했다.

얼굴에 희미한 미소가 걸려 있는 듯도 했지만, 슬픔을 참고 있는 듯한 표정도 엿보였다.

니나가와는 문득 생각했다.

'이 세상에 악마가 존재한다면 이런 녀석이 아닐까.'

니나가와는 그자에게 치카의 죽음과 관련된 모든 정보를 제공했다. 그리고 막대한 보상을 제시했다.

남자는 눈썹 하나 꿈쩍하지 않고 니나가와에게 말했다.

"제가 도와드리죠. 단…,"

사라이는 조건을 내걸었다.

"당신의 마음은 진심이어야 합니다."

당연히 진심이었다. 농담으로 이런 일을 의뢰할 수 있겠는가.

"정말 진심이십니까? 한번 시작하면 돌이킬 수 없습니다. 모든 각오를 해야합니다."

상관없다. 니나가와 회장은 이미 돌이킬 수 없는 지경까지 왔다.

비록 이번 일로 치카가 있을 천국에 가지 못한다고 해도 자신의 인생에 후회를 남기고 싶지 않았다.

"확실하게 처리해주게."

사라이는 대답 대신 오른손을 회장에게 내밀었다.

니나가와는 그 손을 잡았다.

차가운 손이었다.

911
POLICE

1억 2천만 명

1

그날 새벽부터 일본 전역에 충격이 퍼졌다.

아사히, 마이니치, 요미우리 등 소위 3대 일간지에 게재된 전면광고.

그것은 '청부살인 광고'였다.

메카리 카즈키가 중앙경찰청 16층에 있는 요인경호과 사무실에 들어가자, 수사관들이 드문드문 앉아 있었다. 그는 수사관들과 인사를 나누고 자기 자리로 향했다.

"선배님, 그거 보셨나요?"

먼저 와있던 시라이와 아츠시가 말을 걸어왔다.

''그거'라고 하면 내가 무슨 말인지 알아듣겠니.'

시라이와는 가방에서 신문을 꺼내며 다시 메카리에게 말했다.

"이거 말입니다. 엄청 대박이에요."

시라이와는 서른도 넘은 남자 녀석인데 아직도 가끔 어린애 같은 말투를 사용했다. 기본적으로 착한 녀석이지만 아직은 여러모로 미숙함이 눈에 띄었다. 물론 메카리가 그 점에 대해 뭐라 할 입장은 아니었다.

시라이와가 그에게 보여준 것은 아침 신문의 광고면이었다. 메카리는 평소 집에서 아침 신문을 보지 않는다. 출근 후에 경찰청에서 읽으면 되기 때문이다.

《이 남자를 죽여주세요》

신문 한 면을 거의 가득 채울 만큼 거대한 검은색 글자가 눈에 들어왔다.

그 밑에는 커다란 얼굴 사진과 '키요마루 쿠니히데, 34세'라는 글자가 있었고, 다시 그 밑에는 '보상으로 100억 원을 드리겠습니다'라는 문구가 적혀 있었다.

맨 아래에는 '니나가와 타카오키' 회장의 서명과 홈페이지 주소, 그리고 전화번호가 있었다.

광고는 그게 전부였다.

자세한 사항은 홈페이지를 참고하라는 뜻일까.

살인을 의뢰하는 광고임에도 보통의 광고처럼 조심스러움도 없이 담백하고 태연하게 디자인되어 있었다. 하지만 광고의 주목도는 상당했다. 니나가와 타카오키 회장이라면 이 광고 디자인도 아마 상당히 수준 높은 디자이너에게 발주했을 것이다.

메카리는 회장의 홈페이지에 들어갈 필요도 없이 기억해 냈다. 3개월 전 세상을 떠들썩하게 만들었던 사건을.

도쿄에서 어떤 여자 초등학생이 살해당했다. 그리고 곧바로 DNA 감정을 토대로 키요마루라는 자가 용의자로 떠올랐다. 키요마루는 7년 전에도 비슷한 사건을 일으켜 형을 산 적이 있고, 얼마 전에 출소했다고 했다. 지금까지도 지명수배 중이지만 아직도 체포하지 못했다.

하지만 세상이 떠들썩해진 이유는 사건 그 자체 때문만은 아니었다. 살해당한 소녀가 바로 니나가와 타카오키 회장의 손녀라는 사실 때문이었다.

니나가와 타카오키라는 인물은 재계의 거물 중에서도 거물이며, 전 국민 중 그의 이름을 모르는 사람이 없을 정도로 유명한 자수성가의 대명사였다. 평소 그의 언동으로 볼 때, 자신에게 무척 엄격한 인물이라는 것을 알 수 있었다. 니나가와 회장의 자산은 수조 원 급이라고 알려져 있었다.

"오늘 TV에서도 이것만 내보내고 있더라고요."

시라이와는 이번 일을 그저 가십거리로 즐기고 있는

듯했다.

'이런 제길….'

그것이 광고를 본 메카리의 첫 번째 반응이었다.

물론 손녀딸이 살해되어 가만히 있을 수 없다는 마음은 이해할 수 있었다. 키요마루가 체포된다고 해도 형량이 낮을 가능성이 크다. 두 번째 살인이라고 하지만 이전 형기는 이미 채웠다. 재범이라는 점을 고려해도 무기징역을 받기도 쉽지 않았다. 결국 10년 정도 형을 살다보면 가석방되어 다시 세상에 나올 가능성이 컸다. 그러니 유가족이 분노하는 것도 당연했다. 현행법은 피해자 측의 울분을 풀어주지 못하니까.

그래서 복수를 하고 싶었다 해도 다른 방법이 있지 않았을까. 이런 방법은 단순히 세상에 분노를 표출하는 시위에 불과하지 않은가. 다른 사람은 어떨지 모르겠지만 적어도 메카리는 그렇게 생각했다.

다만, 그보다 이상한 점은 어떻게 이런 광고가 대형 일간지 1면에 게재되어 있냐는 점이었다.

시라이와가 TV에서 얻은 정보에 의하면, 3대 일간지 전부가 이 광고를 싣고 있다고 했다. 이런 청부살인 광고가 신문사의 광고심사를 통과했다니…. 말도 안 된다. 심사를 할 필요도 없을 것이다.

결국 이 광고들은 심사 없이 인쇄된 것이라는 뜻이 된다. 하지만 이것은 일개 인쇄소 직원을 매수하는 것만으로는 불가능한 일이다. 수많은 사람들이 인쇄 전 여러 공정에 관여했을 것이기 때문이었다. 최소한 인쇄된 초판을 전국에 배포하기 전에 체크하는 사람이라도 있을 것이다.

대체 얼마나 많은 사람들을 매수해야 이런 일이 가능한 걸까.

언젠가 관련된 사람들이 전부 체포될 수도 있다. 그리고 당연히 신문사에서도 잘릴 것이다. 그렇다면 그런 위험을 무릅쓰고 이 범죄행위에 가담하게 만들 정도로 큰 금액으로 매수했단 말인가.

니나가와 회장이 이 광고를 신문에 내기 위해서 얼마나 큰돈을 썼을지 전혀 감을 잡을 수 없었다.

니나가와 타카오키 회장은 이미 미친 상태일 수도 있었다. 메카리가 그를 만나본 것은 아니지만 그런 생각이 들었다.

시라이와는 평소처럼 경찰 승진시험 공부를 시작했

다. 근무 중에 할 일은 아니지만 아무도 뭐라 하지 않는다.

메카리도 시라이와와 마찬가지로 경찰청 요인경호과 기동경호대에 소속된 SP이다.

SP란 시큐리티 폴리스Security Police의 약자로, 내각총리를 포함해 각급 장관, 국회의장, 헌법재판소장과 대법원장, 각 정당 당수, 도지사나 전경련 회장 등 요인(VIP)의 경호를 주 업무로 하는 경찰이다.

SP 중에서 기동경호대에 소속된 SP는 평소 어떤 요인을 경호해야 하는지 정해진 담당이 없는 SP이다. 가령, 미국 대통령 방문과 같은 대규모 국가행사가 있을 때나, 각 요인을 담당하는 SP가 어떤 사정으로 결원이 발생할 때를 대비해 만들어진 예비부대이기 때문이다. 그렇기에 일상 업무는 주로 대기였다. 그저 할 일 없이 대기만 하면서 지내면 된다.

그래서 메카리도 시라이와 정도의 나이 때는 경찰승진시험 공부에 매진했다.

그리고 31세에 경정이 되었고, 현재는 38세이다.

점심은 평소처럼 구내식당에서 먹기로 했다.

식당 TV에서 정오 뉴스가 흘러나왔다. 화제는 역시 주요 일간지에 실린 청부살인 광고였다.

메카리는 점심을 먹으면서 TV를 보았다.

각 신문사의 인쇄국 담당자가 현재 경찰의 수사를 받고 있다고 했다. 어느 신문사 광고담당자는 '모른다', '조사 중이다'라는 말만 반복하고 있다고 했다.

니나가와 타카오키 회장은 현재 모 대학병원에 입원하여 일체의 면회를 사절한 상태라는 사실이 발표되었다.

병원측은 그가 어떤 병을 앓고 있는지 자세히 이야기할 수 없다고 했다. 병원에 나가 있는 기자가 그 사실을 전하고 있었다. 그 기자의 등 뒤로도 수많은 기자들이 모여 있는 것이 TV화면에 보였다.

뉴스가 끝나고 이어지는 TV 시사 프로그램에서는 자연스레 니나가와 회장의 홈페이지 이야기를 화제로 다뤘다.

'키요마루 홈페이지'라고 불리는 그 홈페이지는 현재도 계속 접속자 수가 늘어나고 있다고 전했다.

같은 내용을 여러 개의 서버에 올려두어서 아무리 접속자 수가 늘어도 절대로 다운될 수 없는 구조로 되어 있다고 했다. 그 홈페이지에 의하면, 키요마루를 살해하여 100억 원의 보상을 받는 조건은 다음과 같았다.

첫째, 키요마루 쿠니히데에 대한 살인죄 또는 상해치사죄로 유죄판결을 받은 자(여러 명 가능)
둘째, 그 외 키요마루 쿠니히데를 죽음에 이르게 했다는 사실이 공개적으로 인정된 자(여러 명 가능)

조건을 만족하는 사람이 여러 명이라고 해도 각각 1인당 100억 원이 지급된다고 했다.

'통도 크시군.' 메카리는 생각했다.

니나가와 정도의 갑부니까 정말 돈에는 구애받지 않는 것 같았다.

그건 그렇고, 조건 중 첫 번째 것은 단순명료해서 어떤 뜻인지 파악하기 쉬우나, 두 번째 것은 어떤 의미인지 모호했다.

정당방위나 긴급피난 상황을 상정한 것일까, 아니면 자살방조를 포함시킨 것일까.

무엇을 의미하든 실제로 키요마루가 죽는 상황은 벌

어지지 않을 것이다.

그리고 광고에는 이 광고와 관련된 어떤 질문도 대답해 준다는 내용과 함께 수신자 부담 전화번호가 쓰여 있었다. 이것도 홈페이지처럼 언제 걸어도 대기 없이 바로 상담원과 연결된다고 했다. 엄청난 수의 상담원이 고용되어 상시 대기 중이라고 봐도 과언이 아닐 것이다.

너무 철저해서 감탄까지 나올 지경이었다.

시사 프로그램에서는 전직 경찰청 수사과장, 전직 검사인 변호사, 형법학자 등을 초빙하여 법률 해설이나 앞으로의 전개 등을 예측하고 있었다. 출연자 중 하나였던 어떤 작가는 흥분하면서 니나가와에 대해 비판적인 말을 쏟아내고 있었다.

신문 광고로 살인을 의뢰한다는 있을 수 없는 사태가 발생했음에도 불구하고, 세상은 마치 이 일이 충분히 일어날 법한 것이라고 예견이나 한 것처럼 빠르게 돌아가고 있었다. 메카리는 그것이 신기했다.

식당을 나와 16층 사무실로 돌아오는 도중에 누군가 메카리에게 말을 걸어왔다.

경찰대에서 동기였던 남자로 현재는 수사1과 소속 형사였다.

메카리가 인사할 틈도 없이 그가 말했다.

“정말 귀찮기 짝이 없는 상황이야. 난 키요마루 사건 담당도 아닌데 갑자기 여기로 불려왔어. 일단 홈페이지를 폐쇄시키라는 명령이 내려졌는데, 알아보니 그 서버 소재지가 남태평양의 어느 섬나라라서 손 쓸 방법이 없더군….”

그는 일방적으로 그렇게 말하고는 어디론가 사라져 버렸다.

메카리는 인사도 할 겸 손을 머리 위로 올렸지만 아무도 보는 사람은 없었다.

그건 그렇고, 니나가와 회장의 일처리에는 빈틈이 없었다. 그의 수하들이 상당히 오래전부터 치밀한 준비를 해온 것이 틀림없었다.

하지만 문득 의문이 들었다.

왜 인터넷 사이트 폐쇄 같은 업무를 강력사건 수사 담당인 수사1과가 하고 있는 것일까.

아무리 치카라는 초등학생이 살해당한 사건과 관련이 있다고 하더라도 불법 신문광고나 공공질서를 위협

하는 인터넷 홈페이지 폐쇄 문제가 경찰청의 꽃인 수사1과 강력계를 투입할 만한 일은 아니었다.

키요마루 쿠니히데가 어디선가 시체로 발견되면 그제서야 그들이 나설 차례가 아닐까.

이번 사건은 어느 부서가 다루든 간에 니나가와 타카오키 회장이 주모자이며 그의 위치도 확인되었다. 메카리는 그가 얼마 지나지 않아 체포될 것이라고 예상했다.

메카리는 요인경호과 사무실에 돌아와서도 멍한 표정을 한 채 곰곰이 생각해 보았다. 어차피 다른 할 일도 없었다.

키요마루가 저지른 살인사건이 도쿄에서 발생했음에도 관할 지방경찰서가 나서지 않고 본청이 나선 이유가 뭘까.

니나가와가 낸 광고가 전국에 실려서일까. 메카리는 단순히 그런 이유 때문만은 아닌 것 같다고 생각했다.

국가의 공권력, 즉 경찰력에 대한 신뢰는 반드시 지켜져야 한다. 만에 하나, 돈에 눈이 먼 인간이 니나가와의 광고를 보고 키요마루를 살해하면 어떻게 될까.

경찰에 맡기는 것보다 현상금을 거는 편이 가해자를 잡기에 더 유효하다는 결론이 된다. 돈이면 무엇이든 되는 세상, 천민자본주의가 승리한 셈이 되고 말 것이다.

그렇게 되면 경찰 공권력의 위신이 실추될 뿐만 아니라 사회 질서도 무너지고 만다.

경찰은 어떻게 해서든 키요마루가 살해당하기 전에 그를 체포해야 한다. 아마도 그런 고려 하에 지방경찰서가 아닌 본청 수사1과가 나서도록 한 것 같았다.

다만, 3개월이 지나도록 경찰의 수사망을 피해 숨어 지내고 있는 키요마루를 과연 누가 어떻게 찾아내서 죽일 수 있단 말인가.

그렇게 본다면 어차피 경찰 공권력이 실추될 일도 없을 것 같았다. 게다가 SP인 메카리와는 상관도 없는 일이다.

메카리는 오늘 정시에 퇴근했다.

그의 집은 스기나미구에 있다. 경찰 관사에 살다가 결혼을 하게 되면서 민간 아파트로 옮겼다.

관사에 살면 집세를 절약할 수 있어 경제적으로 여

유롭지만, 아내 입장에서 보면 이웃들이 모두 남편의 상사나 부하 부부이기 때문에 인간관계에 어려움이 많을 것이다. 메카리는 자신의 아내에게 쓸데없는 마음고생을 시키고 싶지 않았다.

"난 괜찮아요. 그런 것에 둔하니까."

메카리의 아내는 그렇게 말하면서 웃어넘기는 듯했지만, 속내는 그래도 마음 편한 아파트 생활을 좋아할 것 같았다.

그러고 보니, 오늘은 아내의 생일이었다.

며칠 전부터 의식했었지만 딱히 뭘 사거나 하지 않았다.

결혼은 11년 전에 했다.

이제 와서 꼭 뭘 해야 한다고 생각하지는 않지만, 잊었냐는 말을 듣기는 싫었다.

'가는 길에 뭐라도 사갈까.'

잠시 그런 생각도 들었지만, 케이크를 사간다 해도 메카리 혼자서는 다 먹지도 못할 것이다.

'평소보다 많은 향을 피우는 것만으로는 부족할까?'

메카리는 씁쓸한 미소를 지었다.

2

메카리가 집에 도착한 것은 밤 8시가 약간 넘은 시각이었다.

역 앞의 음식점에서 저녁을 먹고 슈퍼에 들러 샴푸를 샀다. 그리고 집 근처 과자 가게에서 아내가 좋아했던 쑥 경단(찹쌀을 밤톨만한 크기로 둥글게 빚어 만든 떡 - 역자 주)을 3팩 샀다.

짐을 내려 놓고 경단 팩을 개봉한 다음 적당한 그릇에 담았다.

생일이니 조금 더 신경을 썼다.

그릇에 올려둔 경단을 영정 사진 앞에 놓고 공양한 뒤, 평소처럼 향을 피웠다.

아내의 영정사진을 앞에 두고 생일 축하 인사를 건네는 것이 이상해서 잠시 망설였다.

'죽은 사람의 생일에 무슨 의미가 있을까.'

그렇다면 죽은 사람은 기일밖에 기념일이 없는 걸까.

30여 년 전 이날 아내가 이 세상에 태어난 것을 축복해주는 것이 뭐가 나쁜가.

메카리는 다시 마음을 다잡았다.

작년도 재작년도 똑같은 행위를 했던 기억이 떠올랐다.

"생일 축하해."

그렇게 소리내어 말했다.

그리고 앞으로도 잘 부탁한다고 소리 없이 말했다.

아내는 3년 전에 죽었다. 식도암이었다.

발견했을 때는 이미 말기였다. 젊은 사람은 암 진행 속도도 빨랐다. 아내는 급격하게 야위어 갔다.

수술을 해도 기력이 더 쇠할 뿐이라고 의사가 말했다. 어느 병원도 같은 의견이었다.

아내는 자신이 곧 죽을 것이라는 사실을 눈치챘다. 그녀의 압박에 메카리는 결국 당시 처한 상황을 전부 이야기했다.

그리고 둘이서 한참을 울었다.

아내는 죽고 싶지 않다고 했다. 당신을 혼자 두고 떠나고 싶지 않다며 울었다.

하지만 죽음은 자비가 없었다. 당사자에게도, 그 주위 사람에게도.

당시 메카리는 내각총리 담당 경호원이었다. 통상 총리에겐 6명의 SP가 붙는다. 그 중 한 명이었다. 일이 육체적으로 힘들지는 않았지만, 그래도 시간상 일에 쫓기는 생활을 했다. 집에 못 돌아오는 경우도 허다했다.

아내가 병마와 싸우고 있다는 사실을 알게 된 당시 경호과장이 메카리를 기동경호대로 옮겨주었다. 그 덕분에 아내 곁을 지켜줄 시간은 만들 수 있었다.

살아있는 동안 함께 여행도 2번 다녀왔다. 여름에는 북쪽 끝인 홋카이도, 겨울에는 남쪽 끝인 오키나와의 명소를 관광했다.

아내는 자신이 죽은 후에 메카리가 일상생활을 하면서 불편이 없도록 많은 메모를 남겨주었다.

메카리는 지금도 그녀가 남긴 메모를 암기하고 있다.

영정 사진 앞에서 돌아서려는 찰나에 문득 한 가지 생각이 들었다.

"경단은 있는데, 왜 차는 없는 거야?"

아내가 그렇게 말하는 것 같았다.

'네네, 알겠사옵니다.'

거실에 있는 TV를 켜고 주방에 들어섰다. 주전자에 물을 붓고 가스레인지를 켰다. 물을 끓이는 것부터가 번거로웠다.

'어차피 마시지도 못할 거면서.'

TV에서는 천재로 설정한 개그맨과 바보로 설정한 개그맨이 티격태격하고 있었다.

채널을 돌려도 딱히 보고 싶은 방송은 없었다.

그래도 일단 TV는 틀어두었다. 혼자서 사는 사람에게 있어 TV 소리는 중요한 의미가 있기 때문이다.

담가놓은 유자청을 열어보니 얼마 남아 있지 않았지만 그냥 조금 덜어서 뜨거운 물에 타면 그만이다.

오랜만에 아내의 찻잔을 보니 조금 슬퍼졌다.

이제 TV 화면은 바뀌어 유치원생 남자아이가 울면서 악마 복장을 입은 연예인을 피해다니고 있었다.

'만약 우리 사이에 아이가 있었다면 어땠을까.'

아내 입장에서는 죽는 날까지 그것이 미련으로 남았을지도 모른다.

하지만 메카리 혼자서 그 아이를 제대로 돌봐주기는 힘들었을 것이다. 아마도 아내의 친정에 맡겨서 도움을 받게 되지 않았을까.

하지만 그래도…. 그래도 아이가 있었다면…, 아내에 대해 한마음으로 이야기할 수 있는 누군가가 있었다면…, 그것 또한 나름 멋진 일일 것 같았다.

아내의 친정은 치바현에 있다. 장인, 장모 모두 지금까지 건재하시다. 아내의 장례식 이후 얼굴을 뵙지는 못했지만.

메카리는 가족이 없었다.

중학교 2학년 때 어머니가 교통사고로 사망했다.

그로부터 10년 후 아버지는 재혼해서 다른 가정을 꾸렸다. 그리고 초등학생 셋의 새로운 아버지가 되었다.

메카리는 아버지의 재혼 직전에 여동생을 데리고 나와 독립했다. 대학에 들어갔을 때였다.

대학시절에는 여동생과 단둘이서 살았다.

메카리가 경찰이 되어 경찰청 기숙사로 옮겼을 때, 여동생은 갑자기 미국인과 결혼해서 현재는 LA에 살고 있다.

그렇게 보면, 어머니를 잃고 나서 메카리는 제대로 된 집이라는 것이 없었던 셈이다.

결혼해서 얻은 것은 아내뿐만이 아니었다. 메카리는 '집' 그 자체를 얻은 것이다.

그래서 메카리에게 집이란 이곳뿐이다. 다른 곳으로 이사한다는 것은 상상할 수 없었다.

우려낸 차를 영정사진 앞에 두고 다시 거실로 오니, TV 화면에는 뉴스속보가 나오고 있었다.

행정안전부 장관이 기자회견을 열고, 기자들부터 니나가와의 신문광고에 대한 질문을 받고 있었다.

메카리는 찻잔을 들고 소파에 앉았다.

"아, 예. 우리나라는 말이죠, 법치국가이기 때문에, 이런 일은 허용되어서는 안 됩니다. 그런데 말이죠, 이런 저질스러운 일을 진짜로 받아들이는 국민이 어디 있겠습니까?"

장관은 지금의 상황을 평소 습관처럼 비꼬듯이 말했다.

메카리는 그것이 이번 사건을 별것 아닌 것처럼 축소시키려는 의도로 보였다. 그 광고가 비현실적이거나 장난이라는 인상을 주고 싶은 것이었다.

니나가와 회장이 내보낸 신문 광고는 TV라는 거대

미디어가 이번 사건에 개입하도록 유도하는 기폭제에 지나지 않았다.

정말 니나가와가 내보낸 청부살인 광고를 진짜로 받아들이는 국민이 있을까.

대답은 '예스'였다!

오히려 이것을 믿지 않는 사람을 찾는 것이 더 어려울 지경이었다.

역시 재벌 회장인 니나가와는 치밀했다.

일단 니나가와의 진심을 의심하는 자는 없을 것이다.

그럼 실제로 100억을 노리고 키요마루를 죽이려는 사람은 있을까.

그것 역시도 '예스'였다.

심지어 상당한 숫자일 것이다.

세상에는 그보다 적은 돈을 위해서 죄 없는 사람을 죽이는 사람도 많다. 유흥비를 구하기 위해서 지인을 죽이고 고작 5만 원을 빼앗은 사건도 있었다.

인터넷으로 자신의 아내를 죽여줄 인간을 찾던 자도 있었다. 보험금을 노린 사건이었다.

바보 같은 놈들이다. 하지만 세상은 바보들 천지다.

그런데 하물며 그 보수가 100억 원이라 한다면 달려들 바보는 수도 없을 것이다.

100억 원.

한 개인에게 상상도 못할 돈이다. 보통 사람들이 평생을 벌어도 모으기 힘든 돈이다. 로또 1등 상금을 탄다 해도 대체 몇 번을 당첨되어야 100억 원을 만들 수 있을까.

돈을 위해서라면 뭐든지 하려는 놈들은 세상에 널리고 널렸다. 살인이나 감옥에 가는 것도 전혀 개의치 않는 놈들 말이다.

범죄단체 조직에 관한 특별법이 제정된 후에는 밥을 굶는 조폭들이 늘었다고 한다. 그러니 조직에서 쫓겨난 조폭이 흉악범죄를 저지르는 것도 일상다반사가 되어버렸다. 조폭에게 징역살이는 일종의 장기출장이다. 사람 하나를 죽이고 7, 8년간 감옥에 갔다오면 100억 원을 준다니, 그들에게 이보다 좋은 일감이 있을까.

게다가, 최근에는 외국인 범죄도 급증하고 있다. 합법적으로 돈을 벌러 오는 외국인 노동자와 달리, 처음부터 불법적으로 돈을 벌 계획 하에 입국하는 놈들이다. 만약 그들이 100억 원을 손에 넣어서 자기 나라로 돌아간다면, 거기서는 평생 떵떵거리며 왕족처럼 살 수 있을 것이다.

소년범에 의한 흉악 범죄도 늘고 있다. 평소 얌전하고 범죄 경력이 없는 아이라고 알고 있었는데, 갑자기 다른 아이의 목을 찌르거나, 별 이유도 없이 갓난아이를 옥상에서 던지는 경우도 왕왕 일어난다. 그들은 형사무능력자라는 이유로 감경된 처벌을 받는다.

만약 그런 부류의 인간들 앞에 키요마루가 나타난다면? 그들 눈에 키요마루라는 사냥감은 어떻게 비춰질까.

정신을 차리고 보니, TV에서는 드라마가 방영되고 있었다. 미남미녀 파일럿과 스튜어디스들이 엄청난 사건에 휘말린 듯한 내용이었다. 흥미로운 드라마 같았지만, 지금 일어나고 있는 실제 사건인 키요마루 현상 광고가 이목을 더 끄는 것 같았다.

메카리는 일단 목욕이나 하면서 모든 것을 잊기로 했다.

욕조에 뜨거운 물을 부으며 천천히 몸을 씻었다.

오늘은 오랜만에 샴푸로 머리를 감았다.

최근에는 바디 워시로 머리를 감은 탓인지 머리를 감은 후에 머리카락이 묘하게 꺼끌꺼끌한 느낌이었고, 말린 후에도 불쾌한 미끌거림이 계속 남아있었다.

샴푸를 사러 갈 시간이 없었던 것은 아니다. 사고 싶은 브랜드의 제품이 품절되었기 때문이었다.

바디 워시로 머리를 감을 거라면 다들 차라리 다른 샴푸를 사면 되지 않냐고 할 것이다. 하지만 메카리는 그럴 수 없었다. 아내가 골라준 샴푸 외에는 사용하고 싶지 않았기 때문이다.

아내와 함께 했던 생활 방식을 바꾸고 싶지 않았다. 그런 디테일을 지키는 것이 메카리를 버티게 해주는 자그마한 버팀목이었다. 가능하면 아내가 이 세상에 없다는 사실 말고는 모든 것을 과거와 똑같이 만들고 싶었다.

'다들 그런 나를 이상하다고 생각하겠지? 그렇다면 되묻겠는데, 샴푸 정도는 내가 쓰고 싶은 걸 고집해서 쓰겠다는 게 뭐 어때?'

아내가 죽고 나서 1년 정도 지났을 무렵 기동경호대의 계장인 오오키가 함께 술을 마시자고 했다.

메카리가 알기로, 오오키가 부하에게 술을 마시자고

하는 것은 처음 있는 일이었다.

성실함만이 유일한 장점인 인물이었다. 평소 술을 전혀 입에 대는 사람이 아니기도 했다.

평소 부하를 '자네'라고 부르는 오오키가 취한 탓인지 메카리를 '너'라고 불렀다.

"너 말이야, 그렇게 죽은 사람한테 사로잡혀 있으면 평생 행복해질 수 없어…."

'행복해지고 싶지 않습니다.'

메카리는 마음속으로 그렇게 대답했다.

목욕을 마치고 나니, 밤 10시 뉴스가 시작했다.

키요마루가 저지른 두 사건을 소개하고 있었다.

7년 전의 니시노 메구미 살인사건과, 3개월 전의 니나가와 치카 살인사건.

TV화면에 첫 번째 피해 아동인 메구미의 사진이 나왔다. 천진난만한 미소가 메카리의 마음을 아프게 했다.

곧이어 두 번째 피해 아동인 치카의 사진도 나왔다. 운동회에서 찍은 사진인 듯 머리에 붉은 머리띠를 두른 채 수줍게 웃고 있었다.

메구미가 6살, 치카가 7살이었다. 이렇게 어린 여자 아이를 성적 대상으로 보는 남자가 있다는 것을 도저히 이해할 수 없었다.

두 사건 모두 참혹하기 그지없었다.

두 아이는 살해당하기 전에 집요하게 구타당했다. 둘 다 이빨이 거의 남아있지 않았다고 한다.

얼굴은 알아보기 힘들 정도로 부어있었고, 귀에서까지 피가 났다. 메구미는 아래턱 뼈가 윗턱에 박혀있었다.

이번에는 유력한 용의자인 키요마루의 사진이 나왔다. 니나가와 회장의 신문 광고에 실려 있던 사진과는 다른 사진이었다.

야위고 허약해 보이지만, 눈매는 매서운 남자였다.

이 남자라면 메카리도 아무런 거리낌 없이 죽일 수 있겠다고 생각했다. 아니, 죽이고 싶었다.

지금 이 방송을 보는 시청자 대부분이 그런 생각을 했을 것이다. 물론 실제로 그 일을 감행할지 말지는 별개의 문제겠지만….

메카리는 문득 이런 생각이 떠올랐다. 전국적으로 매년 3만 명의 자살자가 나온다. 선진국으로 갈수록 자살률이 높아지는 경향이 있다고 한다. 해고된 회사원이나 부도난 중소기업 대표가 보험금을 가족들에게 남기기 위해 목을 매기도 한다.

그런 선량한 일반인이 어차피 죽을 바에 키요마루를 죽이고 가족들에게 100억 원이나 남기자고 결심한다해도 전혀 이상할 것이 없었다.

그 순간 갑자기 TV 화면 속 뉴스 스튜디오가 소란스러워졌다. 여성 아나운서가 긴장된 표정으로 넘겨받은 원고를 읽기 시작했다.

"방금 전 오늘 오후 9시 15분경, 후쿠오카현 후쿠오카 남부경찰서에 용의자 키요마루 쿠니히데가 자진 출두 했다는 뉴스 속보입니다."

그제서야 깨달았다.

그 광고에는 이런 효과가 있었던 것이다.

보통은 현상광고를 하여도 TV 미디어에서 이렇게 대대적으로 다뤄주지 않는다. 하지만 이번 사건은 각 미디어에서 끊임없이 방송을 해주니, 키요마루도 더 이상 도망칠 수 없다고 생각한 것이다.

게다가 누군가가 언제든지 자신을 죽일 수 있는 상황에 노출되어 있는 것보다는 차라리 경찰서 유치장

신세가 낫다고 판단했을 수도.

그때 메카리의 집 전화가 울렸다. 오오키 계장이었다.

"갑작스럽게 미안하네만, 내일 후쿠오카 남부경찰서로 가 주어야겠어."

왜!?

3

메카리는 경호과장의 책상 앞에 서 있었다.

어젯밤 오오키 계장이 오늘 아침 출근길에 경호과장에게 가보라는 말을 했기 때문이다.

메카리의 옆에는 시라이와도 나란히 서 있었다.

"자네들도 알고 있겠지만 어젯밤 키요마루가 후쿠오카 남부경찰서에 자진 출두했다. 검찰에 송치하기 위해서는 서둘러 도쿄로 이송해야 해."

과장은 오오키 계장에게서 들은 내용을 다시 상기시켰다.

"원래대로라면 특별수사본부 수사관이 키요마루를 데리러 가면 되겠지만, 이번엔 사정이 좀 달라."

니나가와의 청부살인 광고는 이미 전국적으로 알려졌고, 경찰청장의 분노가 극에 달했다는 것이다. 청장은 "이것은 국가 권력에 대한 중대한 도전이야!"라고 외쳤다고 한다.

"그 광고의 영향력이 어느 정도일지 섣불리 예단할 수 없지만, 위험을 동반한 이송임에는 틀림없네. 그래서 청장님의 제안으로 이례적이긴 하지만, 키요마루에게 요인 전문 SP를 붙이기로 했다네."

오랜만에 부여 받은 임무가 요인 경호가 아니라 범죄자 보호라니…. 메카리는 범죄자의 보디가드가 된 셈이었다.

통상적으로 요인 신변 경호는 6명이서 경호하는 총리를 제외하고는 기본적으로 2명이 맡는다.

그러니 SP 2명이서 맡는다 해도 흉악범에게 혈세를 써서 VIP급 대우를 해준다는 뜻이 된다.

'니나가와 청부살인 광고의 불똥이 나한테 튈 줄이야.'

이번 일은 당연히 통상의 요인 경호보다 더 위험한 임무임에 틀림없다. 어쩌면 메카리와 시라이와가 선정된 것이 둘 다 독신자라는 이유일지도 모른다.

"수사본부에서 2명, 후쿠오카 남부경찰서에서 1명, 그리고 자네들 2명까지, 총 5명으로 구성된 이송팀을 조직하여 임무를 수행하게. 자세한 사항은 오오키에게 듣도록. 어쨌든 전 국민의 이목이 집중된 사안이니 경찰청 경호과의 명예가 실추되지 않도록 최선을 다해주게. 이상."

행정고시 출신인 경호과장은 자기 할 말만 하고, 나머지 실무는 경찰대 출신인 메카리나 오오키 계장 등이 알아서 하라는 듯 책상 위에 있는 서류를 쳐다보기 시작했다.

"에휴, 과장님은 자기 입으로 하시기 힘든 말만 나한테 떠넘기신단 말이야…."

오오키는 쓴웃음을 지으며 말했다.

"경찰청장님께서 이번 임무는 SP가 아닌 SS라고 생각하라고 지시를 내리셨대."

SS(시크릿 서비스)란, 미국 대통령의 경호부대를 의미한다. 일본의 SP는 이 SS를 모델로 창설되었지만, 일반 국민이 총기를 소지하고 있는 미국과는 그 경호스타일이 전혀 다르다.

"간단히 말해, 수상하면 먼저 쏴버리라는 뜻이야."

SP는 원래 '방어'를 기본 목표로 하고 있다. SP의 채용조건에 '권총사격 상급 이상'이라는 항목이 있지만, 창설 이래 SP가 임무수행 중에 실제 발포한 사례는 한 건도 없었다.

이번 임무에는 '수상하면 먼저 쏘라'는 명령이 하달

되었다. 그 말은 뒤집어 말하면, 상대가 먼저 발포할 우려가 있다는 뜻이다. 청장도 상당한 위기감을 느끼고 있는 듯했다.

하지만 경호과장이 '경찰청 경호과의 명예'를 운운한 것의 속내는 SP의 자존심을 걸고 '발포하지 말고 경호대상자를 지키라'는 의미라고 봐야 한다. 왜냐하면 행정고시 출신인 과장 입장에서는 자신의 임기에 'SP 창설 이래, 발포 사례 제로zero'라는 전통을 깨뜨리는 것이 싫었을 것이기 때문이다. 자신의 경력에 오점이 남을 것이라고 생각했을 수도 있다.

"물론 자네들이 지켜야 하는 대상이 키요마루라는 범죄자라는 사실에 기분이 별로 좋지 않을 수도 있지만, 자네들이 지키는 것은 키요마루가 아니라 경찰 공권력 그 자체라고 생각하도록!"

메카리와 시라이와가 경호장비를 지급받으러 무기보관고에 들어가자, 이미 다른 직원들이 그들에게 지급할 무기들을 준비하고 있었다.

경호과 사무실에도 방탄조끼나 무전기, 특수곤봉 등 통상의 경호에서 사용하는 장비는 있다. 이번에 무기보관고 직원들이 두 SP를 위해 준비하고 있는 것은 총과 탄약, 그리고 홀스터 권총이었다.

메카리는 그 사실에 적잖이 놀라지 않을 수 없었다.

이번 임무에서는 언제 어디서 누가 키요마루를 덮칠지 모른다. 하지만 수많은 사람들이 모인 와중에 갑자기 총을 든 남자가 튀어나왔을 때 함부로 총을 쏠 수 없는 것은 자명하다.

메카리는 총알 50발이 든 종이 상자를 열었다.

뇌관을 위로 향하게 한 채 탄창을 확인해 보았다. 9밀리미터짜리 총알이 들어가 있었는데, 1열에 있는 5발이 비어 있었다. 아마 한 발은 무기보관고 직원이 불량탄환인지 확인하기 위해 시험 사격을 하느라 썼을 것이다.

메카리는 총알 한 발을 들어올려 날카로운 눈빛으로 그것을 쳐다보았다.

권총을 보니, 금색으로 된 약실 너머로 은색으로 빛나는 탄두가 보였다. 탄두에는 깊은 구멍이 뚫려 있었고, 구멍 주변에는 몇 개의 얕은 칼자국이 나 있었다.

“이거 엄청나네요. 완전 할리우드 영화네요.”

시라이와는 장난스런 표정으로 농담을 하고 있다.

천성은 진지한 녀석인데도.

수상한 사람이 나타날 경우 이 권총으로 먼저 쏘라는 뜻은, 수상한 녀석이 나타나면 곧바로 죽이라는 말과 다를 바 없었다.

오늘 점심은 시라이와와 같이 먹기로 했다.

구내식당 TV에서는 어제와 같은 채널이 틀어져 있었다.

메카리는 평소 늘 먹는 정식을 시켰다. 오늘은 전갱이 튀김과 마파두부가 나왔다.

시라이와는 카레라이스. 그는 항상 카레만 먹는다.

“여기 카레가 그렇게 맛있나?”

“아뇨. 솔직히 말해서 맛없어요.”

역시 이 녀석은 바보 같은 구석이 있다.

TV에서는 당연하게도 키요마루에 대한 이야기를 전하고 있었다.

어젯밤 뉴스에서는 자세한 사항을 전하지 못하는 것 같았지만, 오늘은 어느 정도 상황을 파악한 듯했다.

키요마루가 후쿠오카 남부경찰서에 출두했을 때 그는 피투성이였다고 했다. 그동안 교도소 복역 중에 알게 된 지인의 도움을 받고 지내고 있었다. 그자는 후쿠오카에서 불법 체류 중인 중국인으로 구성된 범죄 조직을 이끌고 있었다.

그래서 키요마루를 숨겨주는 대신 키요마루는 그자의 일을 도왔다. 시기를 봐서 외국으로 밀항시켜주겠다는 약속까지 받았다고 한다.

그런데 니나가와의 광고 탓에 키요마루가 그자에게 죽임당할 뻔했던 것이다. 키요마루는 그자와의 격투 끝에 그자의 칼을 빼앗아 그를 찔렀다고 했다. 키요마루는 그를 찌르는 과정에서 많은 피를 뒤집어써 피투성이가 된 것 같았지만, 정작 그는 별로 다치지 않았다.

믿었던 사람에게 그런 일을 당하니 어떻게든 도망쳐야 했지만 막상 키요마루가 도망칠 만한 곳은 없었다. 피투성이가 된 옷을 갈아입을 수도 없었다. 만약 그와중에 니나가와의 광고를 본 누군가에게 발견되기라도 하면 죽임을 당할 것이 뻔하다고 판단했다. 그렇기에 모든 것을 포기하고 차라리 경찰의 보호를 받기로 결심하여 자진 출두 한 것이다. 그렇게 하면 목숨이라도 부지할 수 있을 것 같아서.

TV 화면은 후쿠오카 남부경찰서 앞에 나가있는 기자의 모습으로 전환되었다.

후쿠오카 남부경찰서 주변에는 수백 명의 일반 시민이 모여 있었다.

어젯밤 키요마루가 출두한 사실이 보도된 직후, 니나가와 회장의 홈페이지에 남부경찰서 주변 지도와 경찰서 건물의 상세 도면이 올라왔다.

설마 이 세상에 경찰서를 습격할 정도의 바보는 없을 테니, 그저 키요마루 얼굴이나 한번 보자는 기대감으로 나온 구경꾼이 대부분일 테지만, 분위기가 좋지 않은 것만큼은 확실했다.

"아까 계장님이 수상하면 먼저 쏘라고 하셨는데, 어느 정도 수상할 때 쏘면 될까요?"

"네가 쏴도 괜찮겠다고 판단이 설 정도로 수상하면 되겠지."

"하지만 저렇게 구경꾼이 많은 상황이라면 그 중에 갑자기 가방에 손을 집어넣는 녀석이 있을 수 있잖아요. 그렇다면 그런 녀석은 수상해 보였지만, 나중에 알고 보면 그저 카메라나 쌍안경을 꺼내려고 가방에 손을 넣은 것일 수도 있고…"

"가방에 손을 넣는 녀석이 있으면 일단 무조건 총을 뽑아. 그런 다음 꺼내는 것이 총이면 쏘고, 쌍안경이면 쏘지 마."

"하지만 그렇게 순간적으로 판단할 수 있을까요?"

"온 신경을 집중하면 가능해!"

화면은 어느새 법무부장관의 기자회견장으로 전환되었다.

경찰관료 출신인 현 법무장관은 흥분된 말투로 니나가와의 광고에 대해 말하고 있었다. 국민들에게 냉정한 대응을 요구하는 한편 국가의 위신을 걸고 이러한 폭거를 절대 용서할 수 없다고 했다. 무슨 일이 있어도 키요마루는 죽게 하지 않겠다는 말을 장황하게 늘어놓고 있었다.

키요마루 같은 범죄자를 저렇게까지 보호해야 하다니.

메카리와 시라이와가 식당을 나왔을 때, 경호과 동료와 마주쳤다.

"너희들, 100억에 가장 가까운 위치로 가는군."

그렇게 말하고 웃으며 사라졌다.

웃기지 않은 농담이었다.

하지만 그런 말을 하던 동료의 눈에 선망의 시선을 느낀 것은 메카리 혼자만일까?

'하긴, 시라이와는 못 느꼈겠지. 시라이와는 약간 바보니까.'

오후 1시쯤에 메카리와 시라이와는 형사부장실로 들어갔다.

바로 뒤따라 수사1과 형사들도 들어왔다.

수사1과의 형사들 중에 함께 팀을 꾸리게 된 수사관 2명을 소개받았다.

오쿠무라 타케시 형사반장와 칸바시 마사키타 형사였다.

메카리도 오쿠무라 형사반장이 누군지는 알고 있었다. 수사1과의 고참으로 상당한 베테랑이라고 들어왔다. 나이는 50대 중반이던가. 그 온화한 모습은 베테랑 형사라기보다 은행 지점장이 어울렸다.

칸바시 형사는 30대 중반으로 보였다. 형사 드라마에 등장하는 거친 폭력 경찰 같은 모습이었다.

메카리와 시라이와가 자기소개를 하자, 오쿠무라는 "잘 부탁하네."하고 짧게 인사했다. 칸바시는 말없이 고개를 숙였다.

그때 형사부장이 들어왔다.

장차 경찰청장이나 치안총감이 될 것이라고 하마평에 거론되는 인물이다.

"키요마루를 이송하는 방법은 현재 경찰청에서 검토 중이다. 자네들은 후쿠오카에 도착하면 규슈 지방 경찰청의 지휘를 따라주게. 이번 이송은 전례가 없는 사태이니 절대 방심하지 말게. 1억 2천 명의 전 국민이 모두 우리의 적이 될 수 있다는 각오로 임무를 수행해 주게."

그리고 이송팀 한 명 한 명의 얼굴을 보며 이렇게 말했다.

"잘 들어. 반드시 키요마루를 산 채로 여기에 데려오도록!"

하지만 메카리 팀에게는 살아서 돌아오라는 말을 건네지 않았다.

4

경찰청 청사를 나온 이송팀 4명은 2대의 택시에 나눠 타고 하네다 공항으로 향했다.

사실 메카리는 어젯밤 오오키 계장에게 전화를 받은 이후 잠이 오지 않아 수면부족 상태였다. 공항까지 가는 길에 잠시 잠을 청하고 싶었지만, 시라이와가 그것을 허용하지 않았다.

"저 칸바시라는 사람, 아주 그냥 폭력 경찰 같지 않아요?"

메카리는 웃었다.

'이 녀석도 나랑 똑같은 생각을 했네.'

물론 칸바시가 경찰치고는 딱히 떡대가 좋은 편은 아니었다. 얼굴도 무섭다고 할 정도는 아니었다. 하지만 묘하게 조폭 같은 분위기가 있는 남자였다.

"제가 경찰학교 졸업 직후에 미타카 경찰서에 있었을 때, 칸바시 같이 생긴 사람이 잡혀온 적이 있어요. 분위기가 진짜 너무 닮았어요…. 물론 그놈은 강도짓을 하다가 체포되었지만요."

메카리는 또 웃어버렸다. 메카리의 생각에도 칸바시는 경찰보다는 강도가 어울렸기 때문이었다. 하지만 시라이와의 시답지 않은 농담에 동조해버린 것 같아 조금 분했다.

"선배님, 이번 임무 어떠세요?"

시라이와가 갑자기 진지한 표정으로 물었다.

"아무래도 상관없어. 그냥 내가 맡은 임무일 뿐이지."

"그냥 임무가 아니잖아요. 키요마루잖아요."

"키요마루가 뭐 어때서?"

"그딴 녀석을 목숨 걸고 지키고 싶지 않아서요."

"난 사실 총리를 지키는 것도 엄청 싫은데…?"

"그야 정치적 성향에 따라 그럴지도 모르지만, 그래도 키요마루는 범죄자인데…."

"정치가가 더 나쁜 놈일 수도 있어."

"그야 그럴지도 모르지만요…."

"내가 말하고 싶은 것은 내가 지켜야 할 사람이 누구라도 상관없다는 점이야. 지키라고 명령을 받으면 그 대상이 누구더라도 지키면 돼. 그게 우리들의 임무야."

"선배님은 100억에 관심은 없으세요?"

"없어."

"에엣? 정말요? 왜 관심 없어요?"

"그럼 넌 키요마루를 죽일 생각이냐?"

"무슨 말씀이세요! 그건 절대 아니지만 100억에는 좀 관심이 간다 이 말입니다. 하지만 사람을 죽이고 100억이 손에 들어와도 행복해질 리도 없고…."

"뭐? 너 무척 행복해지고 싶나 보지?"

"누구나 행복해지고 싶은 건 당연하잖아요!"

"그렇다면 SP 따윈 그만두고 100억을 손에 넣는 편이 더 행복해지지 않겠어?"

"하지만 사람을 죽이면 제대로 된 여자가 붙을 리가 없잖아요."

"이 바보야, 100억이면 여자들이 몰려들 텐데…?"

"그러니까 돈 보고 절 좋아하는 여자는 싫어요. 돈만 있으면 살인을 저지른 남자도 괜찮다는 여자가 좋으세요?"

"음, 그건 그렇네…."

메카리는 아직까지 그런 생각을 해본 적이 없었다. 그는 재혼 따윈 생각해본 적이 없기 때문이었다.

물론 앞으로도 계속 혼자 산다면 외로울 것이다. 하

지만 재혼을 하지 않기 때문에 외로운 것이 아니라, 아내가 먼저 죽었기 때문에 외로운 것이다.

메카리는 항상 아내가 자신을 지켜보고 있는 것 같은 기분이 들었다. 약간 뒤나 위에서 그 시선을 느꼈다.

메카리는 아내의 미소가 어두워지는 일을 할 수 없었다.

메카리 팀이 타야 하는 비행기는 오후 3시 15분에 출발하는 JAL항공 비행편이었다.

그들은 출발시각 1시간 전에 공항에 도착해 탑승 수속을 마쳤다.

경호에 사용하는 장비가 든 가방은 수하물로 맡겼지만, 권총이나 탄약만큼은 아니었다. 도착 후 수하물을 회수할 때 실수로 다른 승객이 가져갈 수도 있기 때문이었다.

오쿠무라 반장은 후쿠오카 경찰서에 선물로 줄 2만 원짜리 양갱을 샀다.

메카리 팀 4명은 출발까지 약 40분이 남아 있었기에 패밀리 레스토랑에서 시간을 보내기로 했다.

4명 다 커피를 주문했다. 메카리는 시라이와가 이번에도 카레를 주문하는 건 아닐까 걱정했지만 그 정도로 멍청한 녀석은 아니었다.

"자네들도 참 고생이군. 하필이면 키요마루 같은 개새끼의 총알받이 역할이나 하고 말이야."

칸바시가 메카리와 시라이와를 향해 말했다. 상당히 가시가 돋친 말투였다.

물론 칸바시 입장에서는 딱히 악의가 없었을 수도 있다. 그냥 평소에 이런 말투를 쓰는 사람이라고 생각해도 이상하지 않았다.

하지만 시라이와는 마음이 상한 모양이었다.

"상대가 누구든지 상관없어요. 지키라는 명령을 받으면 그게 누구든 지키는 것이 우리 임무일 뿐이에요."

시라이와가 퉁명스럽게 대답했다. 아까 전에 메카리가 한 말을 마치 자기의 원래 생각인 것처럼.

"하지만 그딴 녀석을 지킬 가치가 있나? 7살짜리 여자애를 강간하고 죽인 새끼야."

말문이 막힌 시라이와 대신 메카리가 답했다.

"가치가 있건 없건 그걸 정하는 건 우리가 아니

야…."

계급이 위인 메카리가 말하자, 칸바시도 입을 다물었다.

"메카리, 경호과에서는 이번 키요마루 이송 과정에서 습격이 일어날 가능성을 어느 정도로 예측하고 있나?"

오쿠무라가 화제를 바꾸며 말했다.

"예측을 전혀 못하고 있습니다. 전례가 없던 일이라…. 다만, 개인적인 소견입니다만, 니나가와 타카오키 회장은 진심이기 때문에 그 광고 말고도 많은 준비를 해뒀을 것 같습니다."

"물론 니나가와 회장의 마음은 당연히 진심이겠지…."

오쿠무라의 표정이 더 심각해졌다.

이에 칸바시도 고개를 끄덕이며 말했다.

"기자들 말에 의하면, 경찰 고위층이나 여당 의원 놈들에게도 억 단위의 돈을 뿌렸다는 소문이 무성하답니다. 니나가와 영감이 전재산을 털어넣을 생각이 아닐까요?"

가능성 있는 이야기라고 생각했다. 물론 기자들 말

을 전부 믿을 수는 없지만.

이때 시라이와가 시라이와다운 의문을 제기했다.

“하지만 경찰이 지키고 있는데, 공격해오는 일반시민은 거의 없지 않을까요?”

그 말도 맞다. 키요마루를 공격하려는 일반시민은 얼마 없을 것이다.

정말 일반시민이 맞다면.

기내에서도 메카리는 시라이와 옆에 나란히 앉았다.

오쿠무라와 칸바시가 어디에 있는지는 알 수 없었다.

앞좌석에 붙어 있는 모니터에서 NHK 오후 뉴스가 시작되고 있었다.

후쿠오카 남부경찰서 주변에 군중들이 모여있는 모습이 보였다.

메카리는 헤드폰을 쓰고 소리를 들어보았다.

정부는 ‘살인을 저지르고 보상을 받는 행위는 법적으로 불가능하다’는 발표를 했다며, 앵커는 국민들에게 어리석은 광고에 휘둘리지 말 것을 신신당부하고 있었다.

순간 영상과 음성이 전환되더니 기내 안전에 대한 설명이 이어졌다. 메카리는 헤드폰을 벗었다.

"법적으로 불가능하다고 했지만요…."

시라이와도 헤드폰을 벗으며 말했다.

"제가 어제 저녁에 컴퓨터로 '키요마루 홈페이지'를 봤습니다. 그랬더니 질의응답란에 변호사들의 답변이 아주 자세하게 잘 되어 있더라고요. 어떻게 하면 보상금인 100억 원을 국가에 몰수당하지 않을 수 있는지, 100억에 대한 세금은 얼마라든지, 어떤 방법으로 100억을 수령할 것인지, 특히 감옥에 들어갔을 때 그 돈을 가족들에게 빼앗기지 않으려면 어떻게 해야 하는지, 니나가와가 사망해버리면 약속은 어떻게 되는지 등등에 대해서 엄청 세세하게 쓰여 있었어요. 그걸 보면 돈을 제대로 주긴 주려나보다 하고 생각하게 되었습니다…."

"그렇군. 그런데 난 지금 좀 졸리니까 이야기는 나중에 해도 될까?"

"아, 죄송합니다…."

"도착하면 어떻게 될지 모르니까 너도 좀 자 둬."

메카리는 눈을 감았다.

당연히 시라이와가 말한 대로 돈은 제대로 지급될 것이다.

니나가와 정도의 사회적 지위에 있는 인간이 약속을 어길 수는 없을 것이다. 그 점에 의문을 가진다면 아무도 키요마루를 죽이려고 하지 않을 것이다.

게다가 사전에 법률 전문가들이 모든 법의 허점을 고려해서 이번 일을 벌였을 것이다. 그렇다면 정부로서도 이 계약을 무효로 하거나 불성립시키는 방법은 없을 것이다.

법을 잘 모르는 메카리도 여러 가지 교묘한 방법들이 떠올랐다. 예를 들면, 니나가와는 키요마루를 죽인 인간에게 100억 원을 주지 않는다고 선언한 다음, 그 가족이 니나가와 회장에게 민사재판을 제기하도록 만든다.

'남편이 살인을 한 것은 니나가와 회장의 광고 탓이다. 그러니 손해배상을 하라.'라는 내용으로.

그런 다음에 합의를 하는 것이다. 그 금액은 당연히 100억 원.

당사자간의 합의에 대해 법원이 개입할 수는 없다. 누가 봐도 웃지 못할 촌극이지만, 법적으로 어떻게 할 방법은 없을 것이다. 게다가 언뜻 알기로, 합의금에는 세금도 붙지 않는다.

메카리는 그런저런 생각을 하면서 잠에 빠져들었다.

후쿠오카 공항은 후쿠오카시 하카타구 동쪽에 있었다.

남구에 있는 남부경찰서까지는 차로 20분 정도의 거리였다.

공항 제2터미널을 빠져나오자 눈앞에 택시 정류장이 보였다.

이번엔 4명이서 같이 탔다.

오쿠무라가 조수석에 탔다. 뒷좌석에 남자 3명이서 앉으니 좀 불편했지만 어쩔 수 없다.

"후쿠오카 남부경찰서까지 가주세요."

오쿠무라의 말에 초로의 운전기사는 한숨을 쉬며 말했다.

"당신들도요? 일부러 비행기까지 타고 와서 참 대단들 하시네요…."

그러면서 뒷좌석을 돌아본 운전기사의 얼굴에 긴장감이 감돌았다. 메카리 팀이 단순한 구경꾼으로 보이지는 않았기 때문일 것이다. 어쩌면 키요마루를 죽이러 온 킬러 집단이라고 생각하고 있을지도 모른다.

"저희는 도쿄 경찰청 사람들입니다. 키요마루의 신변을 보호하기 위해 온 겁니다."

온화한 미소로 오쿠무라가 답했다.

"어이쿠, 실례했습니다…."

운전기사는 머쓱해하며 시동을 걸었다.

택시 라디오에서 지역방송이 흘러나왔다.

남자 출연자가 '만약 100억 원을 받으면 어디에 쓸까'라며 묻자, 여성 출연자는 '연예인이 될래요.'라고 말하며 폭소를 터뜨렸다. 그런데 그 직후에 다음과 같은 말이 이어졌다.

"아, 방금 들어온 긴급 뉴스입니다. 보도국 야마모토 씨에게 연결합니다."

"네, 야마모토입니다. 방금 들어온 소식을 전해드립니다. 후쿠오카 남부경찰서에서 구속 중인 용의자 키요마루 쿠니히데가 경찰관 한 명에게 피습당했다고 합니다."

차 안은 충격에 휩싸였다.

"용의자 키요마루를 덮친 경찰관은 그 자리에서 다른 경찰관들에게 제압당해 살인미수 혐의로 체포되었습니다. 용의자 키요마루는 즉시 근처에 있는 규슈중앙병원에 이송되었습니다만, 어느 정도 부상을 당했는지는 아직 알 수 없습니다…."

그 일이 일어나고야 말았다.

그것도 경찰관이 키요마루를 덮쳤다.

모두가 예상은 했지만, 차마 입에 담지 못했던 일이 기어코 일어나고야 말았다.

전국의 경찰관은 약 24만 명.

물론 그들이 일으킨 사건은 셀 수 없다.

여대생 살해, 아내 살해, 애인 살해, 은행 강도, 우체국 강도, 금융 사기, 방화, 강간, 집단폭행, 권총난사…. 그 외 수많은 사건에 경찰관이 연루되어 체포된 바 있다.

기본적으로 경찰 조직은 자기들의 잘못을 은폐하기 쉬운 조직이다. 그러니 그 와중에 은폐하지 못한 사건들만 따져도 그 정도일 것이다. 경찰이 저지른 범죄 중에서 은폐된 것까지 포함하면, 엄청난 숫자의 경찰관이 법을 어기고 있음을 알 수 있다.

게다가 빚에 허덕이는 경찰관도 있을 것이다. 자살하는 경찰관도 있을 것이다.

그런 그들 앞에 키요마루를 던져주면 어떻게 될까.

메카리는 오한이 들었다.

니나가와의 노림수는 처음부터 이것이 아니었을까.

광고로 키요마루를 찾아내고 경찰관에게 살해당하게 만드는 것이 니나가와의 목표가 아니었을까.

경찰관들은 총을 소지하고 있다. 그리고 키요마루에게 쉽게 접근할 수도 있다.

젊은 나이에 키요마루를 죽이고 감옥에 가도 100억원이 있으면 언젠가는 재기할 수 있다.

오쿠무라도, 칸바시도, 시라이와도, 메카리도 아무 말도 하지 못했다.

키요마루에게 안전한 장소 따윈 이미 존재하지 않는 것이 되어버렸다.

5

규슈중앙병원 앞은 수많은 사람들로 넘쳐나고 있다.

남부경찰서 주변에 모여있던 군중이 키요마루와 함께 이동해왔을 것이다.

경찰들이 도로에 서서 구경꾼들과 실랑이를 벌이고 있었다.

기자들도 엄청나게 와 있다.

교통경찰관이 정리를 하고 있을 때, 메카리 팀이 탄 택시가 도착했다. 그들이 병원 앞에 정차하자, 다른 경찰들이 달려왔다.

조수석에 탄 오쿠무라가 창문을 열고 경찰배지와 신분증을 보이자, 경찰관들은 경례를 한 뒤 택시를 통과시켰다.

병원 현관 앞에서 택시를 내린 4명은 다시 경찰관들로부터 신분 확인을 받았다.

오쿠무라가 그 경찰관에게 상황을 물었다.

키요마루를 덮친 경찰관은 구치소에서 근무 중인 22세 경찰이라고 했다. 그자는 잠시 취조를 받기 위해

구치장에서 나온 키요마루를 집에서 가져온 아웃도어용 접이식 칼로 찔렀다고 했다.

가슴을 노리고 찔렀지만 키요마루가 몸을 비틀어 막은 탓에 공격은 실패했다.

그 직후 다른 경찰관들이 그자를 제압하는 바람에 추가적인 공격도 실패했다.

키요마루의 왼팔에 난 상처는 깊고 출혈도 심했다. 그래서 일시적으로 기절했다고 했다.

메카리는 생각했다. 만약 그 자리에 키요마루를 죽이려는 사람이 한 명만 더 있었다면 피습은 성공하지 않았을까. 어쩌면 그때 누군가 키요마루를 총으로 쐈다면.

하지만 구치소에 근무하는 경찰들은 원래 권총을 휴대하지 않는다. 그래서 칼을 가져온 거겠지만 역시 혼자서는 무리였다.

설명을 해준 경찰관에게 감사 인사를 하고 넓은 건물 안으로 들어갔다.

그 와중에 안으로 이어지는 복도에 서 있던 50대 양복차림의 남자가 메카리 팀에게 말을 걸어왔다.

"당신들은 누구십니까?"

"경찰청 본청에서 온 사람들입니다. 키요마루를 이송하기 위해 왔습니다."

오쿠무라가 답했다.

"아, 네…."

남자는 노골적으로 불쾌한 표정을 지었다. 아마도 후쿠오카 경찰서의 계장일 것이다. 메카리는 그렇게 짐작했다.

"키요마루는 치료 중이라 잠시 남부경찰서에 대기하셔야 할 것입니다."

"키요마루는 지금 어디 있습니까?"

"치료 중이라니까요."

"그러니까 어디에 있습니까?"

"치료 중이라는 말이 이해가 안 되십니까?"

"전 경찰청 경호과 사람입니다. 키요마루의 신변 보호를 명 받았습니다."

"저희쪽 사람을 2명 붙여두었으니 걱정마십시오."

이 남자와는 말이 통하지 않았다.

메카리는 남자에게서 떨어져 근처에 있는 간호사에게 물었다.

간호사는 1층 끝에서 왼쪽으로 꺾으면 키요마루가 있을 것이라고 알려주었다.

메카리는 서둘러 그쪽으로 향했다. 시라이와가 뒤를 따랐다.

"어이, 잠깐, 경찰청이고 나발이고 이건 무슨 횡포야?"

볼멘소리가 복도에 울려퍼졌다.

후쿠오카 남부경찰서 경찰관이 키요마루를 공격한 탓에 후쿠오카 경찰의 위신은 땅에 떨어졌다.

그 직후에 경찰청 본청에서 왔다며 키요마루를 내놓으라고 하니, 자신들의 경력에 큰 흠집이 날 것을 걱정한다는 것은 이해할 수 있다. 게다가 경찰청 본청에서 온 자들이 직접 키요마루를 지키겠다고 했으니, 그들 입장에서는 자신들을 믿을 수 없다는 말을 들은 것이나 다를 바 없었다.

하지만 메카리는 그들의 체면 따위에 신경 쓸 여력이 없었다. 경찰관이 가장 위험한 존재인 이상 후쿠오카 경찰서 사람들로부터 키요마루를 지켜야 했다.

간호사가 알려준 장소는 응급실이었다.

메카리는 조용히 문을 열었다.

눈앞에 서 있던 두 남자가 뒤를 돌아봤다.

메카리와 시라이와는 그 안으로 들어갔다.

"본청 경호과에서 나왔습니다. 이제 저희가 교대해 드리죠."

메카리가 거절을 미리 거부하는 듯한 단호한 말투로 말했다.

두 형사는 갑작스런 제안에 당황했다.

그때 오쿠무라와 칸바시도 따라 들어왔다.

"자네들, 수고가 많네."

상급자인 오쿠무라의 말에 두 형사는 주저하면서도 응급실에서 나갈 수밖에 없었다.

오쿠무라와 칸바시는 별일 아니라는 듯 안으로 향했다.

키요마루의 치료는 이미 끝난 듯 간호사가 그의 왼팔에 붕대를 감고 있었다. 아무래도 이송하는 데는 큰 무리가 없을 듯했다.

처음으로 본 키요마루의 얼굴은 메카리의 예상과 달랐다. 사진으로 봤을 때만큼 나쁜 놈처럼 보이지도 않았다. 나이도 34세치고는 젊어보였다. 머리도 좋아

보였는데 어딘지 소년스러움도 남아있었다. 그렇게나 잔혹한 살인을 할 정도의 범인으로 보이지 않았다.

현재 키요마루가 누군가로부터 살해당할 뻔한 피해자 입장이기 때문에 메카리가 그렇게 느끼는 것일까?

간호사가 붕대를 다 감은 것을 보고, 오쿠무라가 키요마루에게 다가갔다.

젊은 의사에게 신분증을 보이고 오쿠무라가 말했다.

"경찰청에서 왔습니다. 괜찮겠습니까?"

의사가 고개를 끄덕이자, 오쿠무라는 겉옷 안주머니에서 종이 한 장을 꺼내 키요마루에게 내밀었다.

"키요무라 쿠니히데, 너를 니나가와 치카 살해 혐의로 체포한다. 이게 체포 영장이다."

그는 키요마루의 얼굴 앞에 체포 영장을 펼쳐서 보였다.

키요마루는 고개 숙인 채 콧방귀를 뀌는 듯했다.

칸바시가 수갑을 꺼내는 것을 보고 의사가 고개를 저었다.

오쿠무라가 고개를 끄덕였다. 칸바시는 다시 수갑을 집어넣었다.

"오후 6시 2분, 체포 완료."

오쿠무라가 손목시계를 보며 중얼거렸다.

이것으로 키요마루의 신변은 경찰청 본청의 관할이 되었다.

앞으로 후쿠오카 경찰서는 경찰청장의 지휘 하에 본청에 협력하는 입장이 된다.

통상 지명수배된 피의자는 전국 어느 경찰서에서도 긴급체포를 할 수 있지만, 이번에 후쿠오카 경찰서는 키요마루를 긴급체포하거나 체포영장을 검찰에 청구하지 않았다. 키요마루가 스스로 출두했기 때문이다.

그러다 보니, 지금까지는 도리어 키요마루가 살인미수의 피해자로 경찰서에서 보호를 받는 형태가 되었던 것이다.

이는 긴급체포를 하면 그로부터 48시간 내에 검찰에 송치해야 하는 형사소송법 규정 때문에, 자진 출두한 용의자는 조금이라도 체포 시간을 늦추는 관행 때문이기도 했다.

"날 체포해 간다고 해도 어차피 난 살해당할 거야."

키요마루가 외치듯이 말했다.

"우리가 그렇게 되게 내버려두지 않을 거야. 넌 법에 따라 재판을 받게 될 거다."

오쿠무라가 타이르듯 말했다.

“흥. 법에 따라서? 법이 정의의 편인 척하면서 말이야? 어차피 너희들도 날 죽이려는 거잖아? 그렇게 돈이 필요하냐? 응?”

키요마루의 얼굴이 점차 흥분으로 붉어졌다. 표정이 짐승처럼 변했다.

어느새 칸바시가 나타나 키요마루에게 얼굴을 맞대며 들이밀었다.

“얌전히 있지 않으면 치료해야 할 네 상처만 늘어날 뿐이야.”

키요마루가 의자에서 벌떡 일어났다.

“그렇게 위협만 하지 말고 아예 죽여보지 그래! 죽여보라고! 어차피 너희들이나 나나 똑같은 살인자일 뿐이야!”

그러자, 의사가 간호사에게 진정제를 주사하도록 지시했다.

오쿠무라는 칸바시의 어깨를 툭 치며 한 발 뒤로 물러나게 한 다음에 말했다.

“이쪽 두 명은 경찰청의 SP다. 이송 중에는 저 두 명이 널 지켜줄 거다. 안심해 둬.”

키요마루가 적대감을 드러내며 이번에는 메카리와 시라이와를 노려보았다.

"지켜준다고? 웃기지 마. 잘 들어, 난 아무도 안 믿어! 이 세상에서 믿을 건 자기 자신뿐이야!"

그런 말은 아무래도 좋았다.

메카리는 간호사를 쳐다보았다.

주사기를 준비하는 간호사의 얼굴에 묘한 긴장감이 도는 듯했다.

어린 소녀를 두 명이나 죽인 흉악범이 눈앞에 있으니 긴장하지 않는 것도 이상했지만, 30대 후반의 베테랑 간호사가 주사기에 약물을 넣는 손짓이 미묘하게 떨리는 것은 뭔가 어색했다.

그 순간 간호사가 빈 주사제 하나를 살짝 자신의 주머니에 찔러 넣는 것이 보였다. 주사제에서 약물을 주사기로 옮긴 뒤, 빈 주사제 용기를 숨긴 것이다.

메카리는 그것을 놓치지 않았다.

시라이와에게 눈짓을 하며, 둘은 간호사와 키요마루 사이로 이동했다.

간호사가 주사기와 소독용 거즈를 손에 들고 키요마루를 향해 다가왔지만, 그녀는 키요마루를 자신의 뒤로 숨기듯 서 있는 메카리를 보고 멈춰 섰다.

메카리는 간호사의 눈을 보았다.

"지금 주사기에는 어떤 약물이 들어있죠?"

간호사는 아무 대답이 없었다. 마치 전신이 마비된 것처럼 그저 그 자리에 서 있었다.

"지금 주머니에 든 용기를 보여주세요."

간호사의 몸이 가늘게 떨렸다. 그러더니 날카로운 눈으로 메카리를 노려보았다.

시라이와는 이미 총을 뽑았다. 두 손으로 권총을 잡고 총구만 아래로 향하고 있다.

칸바시가 달려와 간호사의 손에서 주사기를 빼앗았다.

의사는 간호사의 주머니에서 빈 주사제 용기를 꺼내 라벨을 확인했다.

"KC…."

황당해하는 의사에게 칸바시가 물었다.

"뭡니까, 그 주사제는?"

"칼륨액입니다. 일상적으로 자주 사용하는 약품이죠. 다만…."

"다만, 뭡니까?"

"통상 링거로 투여하는 것으로, 이걸로 IV를 하는 일은 없습니다."

"IV요?"

"아, 정맥주사Intravenous 말입니다."

메카리가 물었다. "직접 주사하면 어떻게 됩니까?"

"그러니까…, 이걸 직접 혈관에 급속히 주사하면, 고칼륨혈증을 일으켜서…."

의사는 다음 말을 고르는 듯했다.

"심정지를 합니다…."

간호사는 온몸에 힘이 빠진 듯 주저앉았다.

오쿠무라는 슬픈 눈으로 그 모습을 쳐다보았다.

키요마루의 얼굴은 이미 죽은 사람처럼 창백해졌다.

키요마루를 죽이려던 간호사는 후쿠오카 경찰서 수사관에게 체포되어 남부경찰서로 연행되었다.

키요마루는 일단 빈 병실로 이동시켰다.

메카리가 직접 성분을 확인한 다음 키요마루에게 맞춘 진정제의 효과로 키요마루는 곧 잠에 빠져들었다. 아마도 그는 어젯밤부터 제대로 자지 못했을 것이다.

메카리와 시라이와는 병실 앞 복도에 간이 의자를

놓고 앉았다.

어쨌든 키요마루에게 아무도 접근하지 못하게 하는 것이 가장 유효한 경호임은 틀림없었다.

하지만 이송이 시작되면 그런 방법은 불가능했다.

니나가와 회장의 광고가 나온 이후, 키요마루는 24시간도 채 지나지 않은 시간에 벌써 3번이나 죽을 뻔했다.

키요마루를 숨겨주던 남자. 경찰관. 간호사.

이제는 기회만 있으면 누구나 살인자가 될 수 있는 상황이었다.

물론 그것이 누구인지는 이송 방법에 따라 달라질 것이다.

이번 이송 방법은 경찰청 고위층이 고안했다.

오쿠무라와 칸바시가 그것을 듣기 위해 후쿠오카 경찰본부에 갔다가, 지원 팀원 한 명을 데려왔다. 후쿠오카 경찰서에서 근무 중인 세키야 켄지 형사였다. 메카리 이송팀의 마지막 다섯 번째 멤버였다.

오쿠무라는 메카리와 시라이와에게 그를 소개했다.

세키야는 40대 초반의 건장한 체격의 남자로, 눈썹도 짙고 목도 굵었다. 전직 국가대표 럭비부 주장이라고 해도 믿을 만한 남자였다.

메카리와 시라이와가 세키야와 인사를 마치자, 오쿠무라가 심각한 표정으로 말했다.

"좀 문제가 생겼어."

반정부단체 하나가 범행을 예고했다고 했다.

법무부 장관의 기자회견을 보고 '국가의 위신을 실추시키기 위해서 무슨 수를 써서라도 키요마루 쿠니히데를 살해하겠다'라는 성명을 냈다는 것이다.

진위에 관해서는 조사 중이지만 시간이 없었다.

사태를 심각하게 여긴 경찰청장은 철저한 경호를 다시 한번 촉구했다. 그래서 추가로 경찰청 본청에서 온 담당자가 후쿠오카에 와있다고 했다.

현재 모든 항공사는 키요마루의 탑승 거부를 발표했다. 무슨 일이 생겼을 경우에 일반 승객의 안전을 확보할 수 없다는 이유에서였다.

게다가 국정원에 따르면, 소련제 대전차용 소형 미사일 몇 구가 국내에 반입되었다는 정보도 있었다. 그 대부분이 반정부단체에 흘러갔다고 판단하고 있다.

헬기 및 선박은 반정부 단체의 게릴라성 테러 대상이 되기 쉬웠다.

물론 메카리나 키요마루도 헬기를 타는 것이 싫었다. 최근 이라크에서 미군의 공격헬기인 블랙호크조차 몇 기나 격추당한 사례가 있었기 때문이다. 헬기는 헬기 엔진에서 나오는 적외선을 탐지해 끝까지 추격해오는 미사일로부터 피할 수 없을 것이다.

선박도 선박째로 침몰당하면 손 쓸 방도가 없었다.

경찰청은 고심을 거듭한 끝에, 고속도로를 이용하여 이송하되, 병력 350명으로 구성된 기동대 1개 대대가 차량을 호위하는 형태로 키요마루를 이송하기로 결정했다.

출발은 내일 아침 7시.

도로에는 인근의 지역 경찰서 병력 수천 명을 추가로 투입해 두터운 진용을 짜기로 했다. 인해 전술은 경찰청이 자주 쓰는 방법이다.

그렇게 되면 외부로부터의 피습은 막을 수 있을 것이다. 하지만 기동대원 350명은 모두 총을 가진 사람들이란 점이 문제였다. 메카리는 그런 기동대에 둘러싸인 채 후쿠오카에서 도쿄까지 차로 이동한다는 생각을 하자 암울한 기분이 들었다.

그때 메카리가 이 병원에 도착해서 처음 말싸움한

남자가 다가왔다. 후쿠오카 경찰서 수사과 계장이었다.

"키요마루는 지금부터 병원에서 경찰서로 돌아간다. 당신들은 이만 물러나 줘."

메카리가 앞으로 나섰다.

"키요마루는 저희가 경호합니다."

"당신들 일은 내일부터 하는 이송 중의 경호잖아. 지금 이송 중이야? 응?"

논리적 허점을 파고들었다고 생각하는 듯한 말투였다.

"키요마루가 여기 있는 동안은 여기 사람들에게 맡겨 둬!"

이 남자에겐 아무 말도 통하지 않을 것 같았다.

세키야가 메카리의 어깨를 치면서 귓속말을 했다.

"이 사람들한테도 조금은 명예를 회복할 기회를 주시죠. 제가 책임을 지겠습니다…."

세키야가 그렇게까지 얘기하니, 메카리도 어쩔 수 없다고 생각했다.

차라리 오늘 밤에 키요마루가 죽어준다면, 이런 갈등 없이 모두 다 내일 비행기로 집에 갈 수 있지 않을까.

911
POLICE

350명

1

아내가 살아있다.

집에 돌아가니 집 구조가 바뀌어 있고 묘하게 넓게 변했다.

아내가 그 넓은 방 안쪽에 있는 침대에서 상체를 일으켜 세운 채 이쪽을 향해 웃고 있다.

'넌 죽지 않았니?'

다음 순간 모든 것이 이해되었다.

'그렇구나. 내 멋대로 네가 죽었다고 착각했던 거구나. 넌 치료를 잘 받았고, 그래서 드디어 오늘 퇴원한 거구나. 서운하네. 말이라도 해주었으면 내가 데리러 갔을 텐데….'

아내는 계속 미소를 머금은 채 말없이 이쪽을 보고 있다.

난 웃고 있다. 코끝이 찡해질 정도로 울면서 웃고 있다.

환희의 감정이 가슴 깊은 곳에서 흘러나와 손끝까지 전해진다.

빰을 타고 흘러내린 눈물이 입에 들어가 짠 맛이 났다.

그래도 웃었다. 웃으며 아내에게 달려가 끌어안았다.

아내도 힘주어 날 안아주었다.

야위었지만 틀림없는 아내였다.

그리운 온기가 전해진다.

난 얼마나 바보였나.

이제까지 계속 죽었다고 생각하고 슬퍼했었다니.

강하게 끌어안았기에 아내의 얼굴은 보이지 않았지만 등 뒤에서 아내의 손끝이 느껴졌다.

'그런데 왜 아무 말도 하지 않니?'

그렇게 생각한 순간 드디어 아내의 목소리가 내 귓가에 울렸다.

"고마워, 미안해…."

거기서 메카리의 눈이 떠졌다.

메카리는 호텔 침대에 누워 있었다.

아내의 미소는 영정 사진 속 아내의 얼굴과 똑같았다는 사실을 알아차렸다. 그래서 움직이지 못했던 것이다.

지금까지 몇 번이나 이 꿈을 꾸었단 말인가.

메카리는 이런 꿈을 꾸고 눈을 떴을 때마다 자살 충동을 느꼈다. 아내가 있는 곳으로 가고 싶어서.

시간은 새벽 3시를 조금 넘겼다.

아직 좀 더 자도 되는 시간이지만 도저히 잠이 오지 않았다.

메카리는 이불 속에서 나와 작은 여행 가방에서 담배와 라이터를 꺼냈다.

침대에 걸터앉아 담배에 불을 붙였다.

사실 메카리는 SP에 채용되었을 때부터 금연을 시작했다.

SP는 경호대상인 VIP의 스케줄에 따라 행동한다. 그래서 식사하는 것이나 화장실 가는 것을 오랫동안 참는 것이 일상다반사였다. 담배 따위도 안 피우는 것이 정석이다.

하지만 아내의 병을 알게 된 이후 다시 담배를 피우게 되었다.

최근에는 진짜로 불까지 붙이는 경우가 거의 없었지만, 도저히 버틸 수 없을 때는 불까지도 붙인다. 딱 지금과 같은 기분이 들 때.

메카리는 죽고 싶었다.

아내를 잃은 후 계속 그렇게 생각해왔다.

삶 속에서 아무런 기쁨도 느끼지 못했다.

하지만 죽을 수 없었다. 아내가 항상 지켜보고 있기에 죽을 수 없었다. 아내가 그걸 원하지 않는다는 것을 알기에 죽을 수 없었다.

슬픔을 참지 못하고 자살을 선택한 나약한 남자라고 아내가 실망할까 봐 두려워 죽을 수 없었다.

메카리가 자살해 버리면 아내가 얼마나 큰 책임을 느낄지 생각하니, 더 죽을 수 없었다.

오랜만에 들어오는 니코틴 때문에 몸이 시렸다.

온몸에 소름이 돋고 정신이 혼미해졌다.

유도에서 목조르기를 당해서 질 때의 감각과 비슷했다.

손발이 차가워졌다.

가슴 떨림이 더 심해졌다.

담배의 쾌감과 불쾌감을 동시에 맛보는 기분이었다.

격한 감정이 들 때 담배가 고픈 이유는 담배를 핌으로써 천천히 죽음에 가까워지는 기분이 들기 때문인지도 모른다.

몇 시간 후면 이송이 시작된다.

아무 연락이 없는 것을 보면 키요마루는 아직 살아 있는 모양이었다.

어젯밤 비행기로 이송하는 것에 대해 재논의가 시작된 것 같았지만, 끝내 불발된 것 같았다. 반정부단체를 자칭하는 놈들에 의해 범죄가 예고된 직후, 이송 방법을 비행기로 바꾸자는 말이 흘러나왔기 때문이다.

결국 경찰청은 기존 계획대로 1개 대대가 키요마루를 호위하면서 이송하는 방법을 확정했다. 아무도 눈치채지 못하게 하는 '은닉형 이송'이 아니라, 대대적인 병력을 통해 압도적인 무력을 과시하는 '압도형 이송'을 택한 것이다.

메카리는 그 이유가 단순히 반정부단체의 공격을 막는 데 그 방법이 효율적이어서만은 아니라고 판단하고 있다. 매스컴의 시선을 '키요마루를 덮친 경찰'에서 '테러의 위협'으로 돌려놓기 위함이 더 크다고 보았다. 그래야 경찰의 위신이 되살아날 테니까.

그런 의미에서 이번 범행 예고는 오히려 경찰 고위층에게 좋은 기회였는지도 모른다. 너무 타이밍이 좋아서 어쩌면 자작극인지도 모른다.

하지만 그런 것은 이래도 그만 저래도 그만이었다.

엄연한 현실로 받아들여야 하는 것은 메카리가 최악의 임무를 최악의 기분 속에서 수행하지 않으면 안 된다는 사실이었다.

메카리는 밖으로 나가 식사를 하려고 했지만 식욕이 없었다.

샤워를 했지만 전혀 기분이 나아지지 않았다.

TV를 켰다.

아침 뉴스 앵커가 후쿠오카 남부경찰서에 나가있는 리포터를 중계 중이었다.

그나마 아직 이 시간까지는 구경꾼 모습이 거의 보이지 않았다. 물론 그 대신 취재를 하러 온 보도진이 많이 보였다.

키요마루를 덮친 경찰관은 취조 과정에서 '키요마루에게 현상금이 걸려 있는 줄 몰랐다. 키요마루의 범죄를 용서할 수 없어서 그랬다. 그리고 죽일 생각까지는 없었다'고 진술했다고 한다.

누가 봐도 거짓말이었다. 하지만 사람의 의도나 고의

에 관한 것이라서 거짓말이라고 입증하는 것은 어려웠다. 법을 아는 사람이 법을 악용한다는 생각이 들었다.

한편, 여자 간호사도 오늘 오후부터 본격적인 취조에 들어간다고 했다.

TV 화면은 다시 뉴스룸으로 바뀌어 앵커를 비추고 있었다. 오늘 오전 7시부터 시작되는 이송 과정을 상세하게 보도하기 위함이었다.

특별방송을 편성해서 이송 과정을 생중계한다고 했다. 아마도 모든 방송국이 그럴 것이다.

'키요마루 홈페이지'에는 이송 부대가 꾸릴 진영의 모양, 이송 경로, 각 지점별로 예상되는 통과 시각 등이 상세히 기재되어 있다고 했다. 어떤 출연자는 경찰의 내부 정보가 샌 것이 아니냐고 지적하고 있었다.

경찰은 '키요마루 홈페이지'를 봉쇄하기 위해 힘쓰고 있지만, 해외에 서버를 두고 있어 그것이 쉽지 않은 상황이며 현지에 수사관을 파견할 예정이라고 했다.

정부는 키요마루가 경찰관이나 의료직 종사자에게 공격당한 일을 간과할 수 없는 사태라고 발표했다. 그리고 어리석은 광고에 속아 용의자 키요마루를 살해한 자는 엄벌에 처할 방침이라고 했다. 해당 범죄를 저지른 자에게 무기징역형을 내릴 수 있도록 법을 개정하는 것도 고려하고 있다고 했다.

물론 이것은 정부의 거짓말이다. 적어도 메카리는 그렇게 생각했다.

지금부터 법 개정을 검토해서 어느 세월에 국회를 통과시킬 것인가. 그냥 쇼맨쉽에 불과했다.

사태는 어차피 오늘이 고비다. 법률은 검토해봤자 무의미하다.

그때 침대 옆에 있는 전화가 울렸다. 시라이와였다.

메카리는 새벽 5시에 호텔 로비에서 만나자고 말한 다음, 수화기를 내려놓고 옷을 입었다. 흰 티셔츠 위에 방탄조끼를 장착했다.

최근에는 방탄조끼가 '스펙트라'라고 불리는 신소재로 만들어지면서 그 이전 것에 비해 너무나 얇고 가벼워졌다. 그래서 이제는 와이셔츠 밑에 입어도 전혀 눈에 띄지 않았다. 방탄 성능도 상승해서 지근거리에서 권총을 맞아도 갈비뼈 등의 손상이 거의 없다고 한다.

하지만 메카리는 아직 총알을 맞아본 경험이 없었다. 그래서 실제로 총알을 맞으면 어느 정도 타격을 받을지 모르겠다.

흰 와이셔츠 위에는 단색의 수수한 넥타이를 맸다. 그리고 홀스터 권총을 바지 벨트 오른편에 장착했다. 이 홀스터 권총은 은닉용으로 홀스터째로 총을 바지 속에 감출 수 있었다. 삼단 특수곤봉도 전용케이스에 담아 벨트 오른편 뒤 허리춤에 장착했다.

마지막으로 짙은 감색 양복 상의를 입었다. SP는 임무 중에 상의 단추를 잠그지 않는다. 권총을 빠르게 뽑기 위해서.

이제 메카리는 거울을 보았다. 하지만 전혀 대구경 권총과 40발 이상의 탄환을 몸에 지닌 사람처럼 보이지 않았다.

나머지 장비들은 시라이와가 가지고 오기로 했지만 정말로 사용할 일이 생길지는 알 수 없었다.

옷이나 소지품을 담아온 여행 가방은 팀원들 것을 모두 모아 호텔 측에 맡겼다. 호텔 측에서 경찰청 본청으로 보내 주기로 협의했다.

호텔 방을 나서기 전 메카리는 담배와 라이터를 상의 주머니에 넣었다.

2

메카리 팀 4명은 6시에 남부 경찰서에 도착했다.

호텔 근처 패밀리 레스토랑에서 아침을 먹고 왔다.

식욕은 없었지만 먹을 수 있을 때 먹어두어야 했다.

남부 경찰서 주위는 이미 매스컴과 구경꾼으로 인산인해를 이루었다.

상공에는 10대 이상의 방송국 헬기가 날아다니고 있어 시끄러운 소음이 긴박한 분위기를 자아냈다.

2층 회의실에 들어가자, 세키야는 벌써 와 있었다.

그가 쾌활하게 인사를 해온다. 외모는 험상궂지만 사근사근한 남자였다.

곧 키요마루가 유치장 관리 업무를 맡고 있는 경찰관 4명과 함께 들어왔다. 4명이나 붙은 이유는 경찰관들끼리 서로를 감시하게 하기 위함일 것이다.

그들이 물러나자, 메카리 팀은 키요마루에게 방탄조끼를 입혔다.

키요마루의 왼팔은 아직 제대로 움직일 수 없는 모양이었다.

시라이와가 키요마루의 후드 달린 회색 파카를 벗긴 뒤, 방탄조끼를 머리부터 씌워서 입혔다.

키요마루도 순순히 따랐다. 어제와 비교하면 혈색이 좋아지긴 했지만 눈동자는 무척 어두웠다.

키요마루를 태울 차량을 체크하기 위해 먼저 시라이와가 주차장으로 향했다.

아침 7시 5분 전, 시라이와로부터 문제가 없다는 소식이 왔다.

시라이와를 제외한 이송팀 4명이 키요마루를 둘러싼 채 회의실을 빠져나왔다.

남부 경찰서 뒤편 주차장 입구에 도착하자, 파란 차체에 흰 라인이 옆으로 그어진 대형 버스가 줄지어 서 있었다. 기동대 소속 대형버스였다.

버스의 창문은 전부 창살로 덮여 있었다.

그 버스에는 기동대 1개 소대 35명을 태울 수 있었지만, 이 차에는 운전수를 제외하고는 키요마루와 이송팀 5명만 탄다.

키요마루를 버스 중간쯤에 앉히고, 그 바로 앞에는 시라이와가 앉았다. 통로를 사이에 두고 키요마루의 옆에는 메카리가 앉았다.

메카리의 뒤편에는 오쿠무라 반장과 칸바시가 앉았고, 키요마루의 뒤편에는 세키야가 앉았다.

이제 아침 7시 정각이 되었다. 어디선가 호루라기 소리가 났다.

그러자 주차장에 주차된 수많은 차량들이 시동거는 소리가 들렸다.

이제 대열이 움직이기 시작했다.

기동대원을 태운 대형버스가 차례차례 눈앞을 지나쳐 갔다.

그리고 메카리 일행을 태운 버스도 출발했다.

남부 경찰서를 출발한 이송 부대는 일반도로를 타고 남쪽으로 이동하여, 5번 고속도로로 진입했다.

대열은 총 20여대의 차량으로 매우 거창했다.

정찰대인 선도 차량이 맨 앞으로 나섰다. 상황에 따라 긴급하게 방향을 틀 수 있도록 상당한 간격을 벌리고 또 다른 선도 차량 2대가 따라 붙었다. 그 뒤로 기동대 1개 소대 35명씩을 태운 대형버스 4대와 중간 지휘 차량 1대, 메카리 일행이 탄 대형버스 1대가 따라갔다. 다시 그 뒤로 지휘 차량 1대와 기동대 1개 소대 35명씩을 태운 대형 버스 6대가 따라 붙었다. 그리고 마지막 행렬에는 위급상황을 대비한 대형 구급차와 후방유격 차량이 있었다.

경비에 동원된 350명의 기동대원은 후쿠오카 경찰서 기동대가 아니라 규슈에 있는 각 경찰서에서 차출한 기동대였다.

곧이어 이송 부대는 2번 고속도로를 통해 다자이부 IC에서 규슈 자동차도로로 빠져나왔다.

이송 부대가 주행하는 고속도로는 구역 별로 봉쇄하여 일반차량이 들어오지 못하게 하였다. 하행선과 상행선을 부분 봉쇄하고, 이송 부대가 통과하고 나면 그때마다 그 구역의 봉쇄를 풀고 다음 구역이 새롭게 봉쇄되었다.

이송 부대가 타고 있는 2번 고속도로 상행선은 순조롭게 뚫렸지만, 그 반대편인 하행선이 정체되기 시작했다. 소위 구경꾼 정체라는 것이었다. 옆에서 지나가는 모든 차량이 거창한 이송 부대의 대열을 바라보느라 천천히 운행하고 있었다.

메카리가 탄 버스의 창살 너머로 본 하늘은 구름이 끼어 우중충했다. 마치 메카리의 기분이 그대로 나타난 듯했다.

시끄러웠던 헬기 소리도 언제부턴가 익숙해졌다.

헬기에서 촬영한 영상이 전국에 생중계되고 있다는 사실을 전혀 실감할 수 없었다. 아마도 수많은 눈이 TV를 향해 있을 것이다.

뭘 기대하고 중계를 보는 걸까. 무슨 피습이라도 일어나길 기대하는 걸까.

"정말이지 세금 낭비야, 정말…."

칸바시가 입을 열었다.

"이런 놈은 컨테이너 박스에 집어넣고, 화물로 보내버리는 게 나아."

메카리도 이번 이송은 칸바시의 말대로 너무 심하다고 생각했다. 마음속으로는 이송팀 전부 그렇게 생각했을 것이다.

"야, 지금 웃음이 나와!?"

칸바시가 키요마루를 향해 거칠게 말했다.

"아니…."

키요마루가 살짝 비웃는 듯한 목소리로 말했다.

"내가 뭐 웃긴 이야기라도 했냐? 네가 웃을 만한 이야기를 내가 했냐고?"

칸바시가 물고 늘어졌다.

칸바시는 지루했던 모양이다. 일부러 키요마루에게 트집을 잡는 것처럼도 보였다.

"어제는 죽을 뻔해서 산송장 같았던 놈이 오늘은 아주 여유가 넘쳐."

키요마루는 대답 없이 창밖을 보았다.

"이 새끼가 날 무시하네. 야, 이 변태 새끼야, 날 보라고!"

칸바시는 끈질겼다.

"야, 변태 새끼. 초등학생 애랑 하는 게 그렇게 좋았냐?"

"이제 그쯤 해두지?"

세키야가 끼어들었다.

세키야가 말하지 않았다면 메카리가 같은 말을 했을 것이다.

칸바시의 태도는 불쾌했다. 그리고 칸바시의 물음에 대한 키요마루의 대답도 듣고 싶지 않았다.

"여기서 키요마루를 괴롭혀도 소용없잖아."

세키야의 말에 칸바시는 다시 불쾌감을 드러내며 그를 노려보았다.

"당신이나 SP 놈들은 도쿄에 도착하면 거기서 끝이

지만, 난 거기서도 계속 이 변태 새끼와 같이 있어야 한단 말이야. 그러니까 좀 친해지고 싶어서 그랬지."

"여기가 심문실로 보여? 지금 키요마루는 목숨이 위험한 상태야. 친해져서 취조를 잘 하고 싶거든 먼저 키요마루의 불안감부터 해소시켜주지 그래?"

"불안감 해소? 당신, 이딴 살인자 변태 새끼한테 꽤 잘해주고 싶은가 보네?"

칸바시가 비꼬는 투로 말했다.

"이런 쓰레기는 죽을 때까지 공포에 떨다가 죽는 게 나아."

그때 키요마루가 칸바시를 쳐다보며 말했다.

"죽으면 되잖아! 당신, 내가 죽으면 좋겠다고 생각하고 있잖아?"

"뭐?"

갑작스런 물음에 칸바시가 말을 잃었다.

"왜 대답을 못해? 내가 죽길 바라냐고 묻잖아."

"오냐, 말 잘했다. 네 놈 따윈 죽는 게 모두를 위한 길이야!"

"그럼 죽여봐."

"뭐?"

"모두를 위한 길이라면 죽여보라고! 100억도 받을 수 있잖아."

"뭐라고, 이 새끼가…."

"뭐야? 못 죽이는 거야? 죽이고 싶은 변태 놈이 눈앞에 있는데…, 그리고 그게 모두를 위한 길이고, 돈까지 받을 수 있는데, 살인자가 될 용기는 없나 보지? 응?"

메카리는 칸바시가 키요마루의 도발에 말려들어 그에게 덤벼들 것으로 예상했다.

하지만 칸바시는 그렇지 않았다.

"야, 네가 너무 그렇게 나대면 정말로 여기 5명 중에 100억을 가질 사람이 생길지도 몰라."

그럼에도 키요마루는 콧방귀를 뀌었다.

"혼자선 죽일 용기가 없으니까 남을 끌어들이는 거야?"

"이 새끼가 보자보자 하니까…."

하지만 키요마루가 겁먹지 않고 계속 말했다.

"당신 애라도 있어?"

"뭐?"

"그 나이라면 결혼했을 텐데? 아이는 있냐고?"

"너 같은 놈이 알아서 뭐 하게!"

칸바시의 얼굴이 점차 붉어졌다.

"역시 그러네. 어째 나한테 괜한 트집이다 싶었더니, 내가 강간한 애들이랑 같은 나이대의 아이가 있었던 거네. 그러니 남 일처럼 느껴지지 않았겠지."

키요마루를 도발하려던 칸바시가 오히려 도발당하고 있었다.

"여자애야? 아, 그러시구나. 아하하하…."

"닥치지 못해!"

세키야가 참지 못하고 끼어들면서 소리를 질렀다.

하지만 키요마루는 개의치 않고 말했다.

"아까 질문에 대한 답을 해줄까? 초등학생 애와 하는 게 얼마나 좋을지 알기 쉽게 자세히 알려줄까?"

키요마루는 웃고 있었다. 웃겨서 참을 수 없다는 듯한 표정이었다.

"닥치란 소리 못 들었어!"

세키야가 일어나 앞좌석으로 손을 뻗어 키요마루의 멱살을 잡았다.

그래도 키요마루는 칸바시를 빤히 쳐다보며 웃으며 말했다.

"너도 궁금하지? 자기 딸한테 집어넣으면 어떤 느낌일지 궁금해 미칠 것 같지?"

이번에는 칸바시도 일어났다.

"오냐, 두 번 다시 웃지 못하게 만들어주마."

칸바시는 마치 이 상황을 즐기듯 옅은 웃음을 띠고 있는 것처럼도 보였다.

그 상황을 지켜보던 메카리는 자리에서 일어나, 키요마루 앞에 서서 칸바시를 막아섰다.

"죽일 생각까지는 없어!"

칸바시가 메카리를 밀치려고 하면서 말했다.

메카리는 칸바시의 손을 뿌리쳤다.

"죽지 않는다고 해서 때려도 되는 건 아니야."

"뭐야, 이 새끼 편드는 거야?"

칸바시의 분노가 메카리를 향했다.

"내 임무는 키요마루 경호야."

메카리는 단호하게 말했다.

"아까 이 새끼가 하는 말 못 들었어? 저딴 말을 듣고 참고 있으란 말이야!"

"난 키요마루에게 손끝 하나 건드리게 할 수 없어. 그리고 당신이 100억을 노리고 있지 않다는 보장도 없으니까."

"뭐라고, 이 자식이!"

칸바시는 폭발 직전이었다.

"메카리!"

오쿠무라가 무표정하게 칸바시와 메카리의 대화를 보고 있다가 말을 걸었다.

"자네는 살인범을 대하는 게 처음인가?"

"네, 그렇습니다만 무슨 문제라도?"

사실 메카리는 강력범 경험이 없었다. 바로 기동대로 차출되어 경호과에서만 일했기 때문이다.

"살인범에는 두 종류가 있지. 동정받을 만한 인간과 인간쓰레기. 이 녀석은 쓰레기 쪽이야."

그건 메카리도 잘 알고 있다.

키요마루가 인간쓰레기라는 것을 모르는 사람은 없을 것이다.

"아까 키요마루가 말한 것은 피해자에 대한 모욕이야. 강력계 형사라면 그런 말을 듣고 가만 있을 수 없는 노릇이지."

"그렇습니까. 하지만 저는 경호과 소속이라 그 말씀에 동의는 못하겠군요. 키요마루에게 폭력을 행사하고 싶으시면 경찰청에 도착해서 제 임무가 끝난 후에 취조실 안에서 해주세요. 그렇다면 상관하지 않겠습니다."

메카리는 내뱉듯이 말하고 키요마루 옆에 앉았다.

다시 차 안에 침묵이 흘렀다.

키요마루는 다시금 아무 일 없었다는 듯이 창살 너머의 풍경을 보고 있었다.

이제 2번 고속도로 상행선도 엄청난 정체였다. 차량 행렬이 끝없이 이어지고 있었다. 아예 차량을 세워놓고 이송부대를 구경하는 차량들도 있었다.

물론 메카리는 통상 이 시간대에 어느 정도 정체가 발생하는지 모른다. 하지만 많은 구경꾼 탓에 정체가 발생하고 있는 것만은 틀림없었다.

그런데 구경꾼 때문만이 아닐 것이라는 생각도 들었다. 키요마루를 습격하기 위해 온 녀석들이 섞여 있을 가능성도 충분했다.

다만, 크게 효과적인 공격이 가능할 것 같지는 않았다. 예를 들어, 권총으로 키요마루가 탄 버스를 쏜다고 해도 이송 부대가 겹겹이 에워싸고 있기 때문에 큰 문제 없이 빠져나갈 뿐이다.

그야말로 국정원이 입수한 정보처럼 대전차 로켓포라도 사용해야만 이송 부대를 멈추게 할 수 있을 것이다. 하지만 그런 무기를 사용한다고 해도 키요마루가 탄 버스와 완전히 같은 형태의 버스가 10대나 달리고 있어 어느 버스에 키요마루가 타고 있는지 알아내는 것도 어렵다. 결국 기동대원들에게 피해를 줄 수는 있어도 쉽게 키요마루를 살해할 수는 없을 것이다. 만약 경찰청이 정말로 소형 미사일이나 대전차 로켓포에 의한 습격을 경계했다면, 반대편인 하행선도 봉쇄했을 것이다.

"선배님, 잠깐만요…."

앞좌석에 앉은 시라이와가 뒤를 돌아 앉아 메카리에게 핸드폰을 내밀었다.

"지금 핸드폰으로 '키요마루 홈페이지'를 봤는데요…."

핸드폰 화면에는 지도가 떠 있었다. 2번 고속도로를 달리는 이송 부대의 차량 하나 하나가 지도상에 점으로 표현되어 각각을 식별할 수 있었다.

그런데 20개 정도의 검은 점 가운데 딱 하나만 붉은 점으로 표시되어 있었다. 그것은 메카리 일행과 키요마루가 타고 있는 차량의 위치 아닌가!

메카리는 경악하지 않을 수 없었다.

이송 부대 전체의 위치가 표시되는 것 정도는 놀랄 일이 아니다. 방송국 헬기를 통해 TV로 생중계되고 있기 때문이다. 누구라도 알 수 있는 정보였다.

하지만 키요마루가 탄 이 버스가 어느 것인지 알고 있다는 것은 대체 무엇을 의미하는가.

당연히 경찰은 그 정보를 매스컴에 발표하지 않았다. 이를 방지하기 위해 일부러 10대나 되는 같은 버스로 위장하고 있는 것이다.

테러 전문가라면 쉽게 알아차릴 수 있는 정보일까. 아니면 경찰 내부에서 정보가 새어나간 걸까.

키요마루 홈페이지가 제공하는 지도의 정밀함도 대단했다. 차량 내비게이션과는 비교도 안 될 정도였다.

메카리는 예전에 뉴스에서 본 미군의 군사위성 영상을 떠올렸다. 이 홈페이지에서 제공하는 지도도 군사목적으로 개발된 시스템을 사용하고 있는 것이 분명했다.

메카리가 손가락으로 스마트폰 화면 속 지도를 만지자, 지도가 광범위한 지도로 바뀌었다. 지금 메카리와 키요마루가 탄 버스는 오노가타시 부근을 천천히 이동하고 있음을 알 수 있었다.

그때 갑자기 차 안에 설치된 스피커에서 무전기 음성이 들려왔다.

“전 차량 긴급 정지!”

그 말에 메카리는 재빨리 허리춤에 차고 있던 권총에 손을 대었다.

3

메카리 일행은 지금 바깥에서 무슨 일이 일어났는지 전혀 알 수 없었다. 그들은 멈춰 서 버린 대형 버스 안에서 숨죽이고 있었다.

무전기 소리가 파편적으로 흘러나오고 있었지만 전혀 상황을 파악할 수는 없었다. 무언가 예측하지 못한 사태가 발생한 것은 틀림없었지만, 메카리가 총을 꺼낼 상황은 아닌 모양이었다.

오쿠무라와 칸바시가 상황 파악을 위해 버스에서 내려 앞쪽 지휘차량으로 향했다. 무전기로도 연락은 할 수 있었지만, 가능한 한 키요마루가 무전기에서 흘러나오는 소리를 듣지 못하게 하고 싶었다.

키요마루는 겁먹은 상태는 아니었다.

메카리도 딱히 긴장하진 않았다.

하지만 이송 부대를 멈추었다는 것은 분명 앞쪽에서 무슨 일이 있었다는 것을 의미한다.

누군가 이송 부대 행렬 안으로 난입한 걸까. 가령 그렇다고 해도 그 일이 메카리 일행이나 키요마루에게 무슨 큰 영향을 끼칠 것 같지 않았다.

메카리가 신경 쓰이는 것은 도리어 하행선이었다. 이송 부대가 멈춰 서는 바람에 정체되어 움직이지 않는 차량들에서 사람들이 내리기 시작했기 때문이었다.

얼마 지나지 않아 중앙분리대에 상당히 많은 인파가 모였다. 언뜻 보기에도 수백 명은 돼 보였다.

그때 버스 바깥에서 확성기를 통해 뭐라고 말하는 안내 문구가 들렸다. 중앙분리대 근처에 모인 인파들로 하여금 당장 차로 돌아가라는 내용이었다. 지시를 따르지 않으면 무력으로 진압하겠다는 기동대의 지키지도 못할 협박성 멘트가 들려왔다.

당연히 아무도 지시에 따르려고 하지 않았다.

결국 인파는 점점 늘어만 갔다.

'만약 이 인파가 폭도로 변하면 어떻게 될까? 이 버스가 중앙분리대를 넘어서 덤벼오는 군중에 둘러싸인다면?'

수천 명으로 늘어난 군중에 반해 이쪽은 고작 350명으로 구성된 기동대인데, 이들로 뭘 할 수 있을까. 게다가 인파가 아무리 덤벼온다고 해도 일반 시민을 향해 발포 명령이 떨어질 리는 없었다.

고작 최루탄을 사용한 진압 정도야 하겠지만. 최루가스는 야외 사용시 흩어지기 쉬워 효과가 떨어지고, 보유하고 있는 최루탄 양도 한정되어 있었다.

물론 시간이 흐르면 기동대를 도와줄 증원 병력도 도착은 하겠지만, 그 사이 군중도 끝없이 늘어날 것이다.

역시 그렇다고 해서 당장 키요마루에게 어떤 위해가 가해지는 것은 아니겠지만, 차 안에 갇힌 채 움직일 수 없게 되는 것만큼은 분명하다.

그렇다면 이송은 불가능해진다.

그렇다고 이 시점에서 하행선을 봉쇄할 수도 없는 노릇이었다.

결국 조금씩이라도 기동대는 끊임없이 전진하는 방법 외에는 없을 것 같았다.

메카리는 자신이 아직도 왼손으로 시라이와의 핸드폰을 들고 있다는 것을 깨달았다.

지도상의 붉은 점도 정지해 있었다.

메카리는 시라이와를 불러 핸드폰을 돌려주었다. 시라이와도 하행선 쪽을 신경 쓰느라 잊고 있던 모양이다.

드디어 오쿠무라와 칸바시가 버스로 돌아왔다.

오쿠무라의 설명에 의하면, 역시 이송 부대 행렬 안으로 난입한 차량이 있었다고 했다.

몇 킬로미터 앞에 있는 야하타 IC의 출구에 설치한 바리케이드를 돌파한 대형 트럭이 상행선을 역주행하여 이송 부대 정면에서 돌진하려고 한 것이었다.

곧바로 맨 앞에 있는 정찰대 차량이 번호판을 추적했고, 동시에 이송 부대 전체에 무선 연락을 취한 것이다.

결국 포위된 대형 트럭이 앞뒤로 둘러싼 경찰 차량들을 억지로 돌파하려고 하다가, 둘러싼 경찰 차량들을 박아 버렸다. 경찰차 1대가 대파당했지만, 대형 트레일러는 그것을 뚫고 중앙분리대에 부딪히고 나서야 정지했다.

경찰차 안에 타고 있는 경찰관들은 전부 차량에서 나와 있던 상태였기 때문에 다행히 인명 피해는 없었다. 대형 트럭 운전기사도 그 자리에서 체포되었다고 했다.

현재는 이송 부대가 다시 행렬을 이어갈 수 있도록

사건 현장을 사후처리하고 있다고 했다. 다만, 이송 재개에는 다소 시간이 걸린다고 했다.

미숙한 트럭 운전기사의 대책 없는 범행이었다. 성공 가능성은 제로에 가깝다. 니나가와가 뿌린 '100억 원'이라는 바이러스 때문에 많은 사람들이 아무 생각 없이 무모한 행동을 하게 되었다고 생각되었다.

앞으로도 계속 이런 어리석은 자들의 습격을 받아야 하는 걸까.

이래서는 언제쯤 도쿄에 도착할 수 있을지 전혀 알 수 없었다.

게다가 오쿠무라가 가져온 정보에 의하면, 주변 일대의 고속도로가 완전히 꽉 막혀 차량이 전혀 움직이지 않는 상황이 연출되어 있다고 했다. 이에 화난 운전기사들끼리 싸움도 벌어져 상해 사건으로 접수된 것만 해도 40여 건에 달한다고 했다.

왠지 전 국민이 제정신이 아닌 것 같았다.

'역시 애초에 이송 방법이 잘못된 걸까.'

이대로는 생선을 들고 굶주린 들고양이 무리 속을 가로지르는 꼴이었다. 생선을 빼앗기지는 않겠지만 언제든지 들고양이들이 덮쳐올 것은 자명했다. 그리고 그

틈을 타서 늑대가 숨어들어오지 않으리라는 보장도 없었다.

결국 메카리는 키요마루의 존재를 숨기고 극비로 이송할 수밖에 없다고 판단했다. 이른바 '은닉형 이송'이었다.

현재 이송 방법으로는 여러 가지 문제가 파생될 수밖에 없을 것이다. 앞서 하행선에서 발생한 문제뿐만 아니라, 상행선도 부분적으로 봉쇄를 반복하고 있기 때문에, 트럭을 중심으로 한 전국 물류 시스템에도 큰 혼란을 야기했을 것이다.

아마도 이것은 이 계획을 짠 니나가와 회장 측도 예상하지 못한 것이 아닐까. 하행선의 정체가 예상을 훨씬 뛰어넘은 것처럼.

고속도로를 사용할 수 없다면 일반 국도를 달릴 수밖에 없었다.

만약 또 다시 어떤 문제가 발생하면, 경찰청 간부들도 이송 방법을 변경할 것을 고려하지 않을 수 없을 것이다. 어쩌면 이미 이송 방법 재검토에 들어갔을지도 모른다.

"저기, 이봐…."

키요마루가 말했다.

메카리는 키요마루를 쳐다보았다.

"당신은 정말로 날 지킬 생각이 있어?"

메카리 이외의 사람에게는 들리지 않을 작은 목소리였다.

"그게 내 임무야."

"그건 나도 알아. 그런 임무가 주어졌다고 해서 진짜로 나를 지킬 거냐고 묻는 거야."

"임무를 완수하기 위해 해야 할 일을 할 뿐이야."

"흥, 해야 할 일이라고…? 웃기고 있네."

키요마루는 콧방귀를 뀌며 창밖을 쳐다보았다.

'이 녀석이 하고 싶은 말은 뭘까.'

어쩌면 그냥 의미 없는 소리일지도 모른다. 하지만 메카리의 가슴에 작은 파문이 일었다.

'난 진심으로 키요마루를 지킬 생각이 있는 걸까.'

물론 주어진 업무를 대충 할 생각은 없었다. SP로서의 자존심이 허락지 않았다. 하지만 정말로 진심으로 키요마루를 지킬 생각이 있는 걸까. 이 흉악한 범죄자를.

잠시 후, 이송이 재개되고 순조롭게 달리던 이송 부대는 이제 간몬 자동차 전용도로에 들어섰다. 곧 규슈를 벗어날 것이다.

규슈를 벗어나기 전 마지막으로 간몬대교를 건너면, 야마구치현 시모노세키시가 나올 것이다.

이송 부대가 다리를 건너기 시작했다.

다리 위는 바람이 강했다.

바람 때문에 거대한 다리가 약간 흔들리는 것이 느껴졌다.

창밖을 보니 하행선은 여전히 정체에 빠져 있었다.

창밖의 표지판을 보던 메카리는 겐페이 전쟁(1180년부터 1185년까지 벌어졌던 일본의 내전 - 역자 주)의 마지막 전쟁터로 유명한 '단노우라'라는 지역이 시모노세키 지방에 있다는 것을 오늘 처음 알게 되었다.

저 너머가 바로 단노우라였다.

내전을 벌였던 두 편 중 한쪽이 전멸한 장소였다.

'단노우라'라는 이름에서 어딘지 모를 슬픔이 느껴졌다.

메카리는 문득 죽음의 냄새를 맡은 듯한 기분이 들었다.

단노우라에는 야마구치현의 새로운 기동대로 구성된 부대가 교대를 위해 대기 중이었다.

여전히 상공에는 10대 이상의 헬기가 날아다니고 있었다.

이송 부대가 행렬을 멈추자, 갑자기 사람들의 움직임이 빨라졌다. 이제 곧 인수인계가 끝나면 새로운 부대로 행렬을 시작하게 된다.

그때 메카리 일행이 탄 버스 문에 누군가가 노크를 했다.

운전기사를 담당한 경찰관이 버스 문을 열었다.

시라이와가 빠르게 일어나 문으로 향했다.

들어온 사람은 기동대원이었다.

"본청에서 내려온 전달사항입니다."

전경들이 쓰는 특수 방패를 들고 있지 않은 것 외에는 완전 무장을 하고 있었다. 헬멧을 쓴 채 전투경찰복 위에 보호구도 착용하고 있다. 양팔의 팔꿈치에서 손등까지 보호하는 건틀렛도 장착하고 있었다. 특수 폴리 카보네이트 수지를 검은 비닐가죽 위에 덮은 것이었다.

하지만 메카리는 그가 헬멧에 장착된 특수 아크릴 방호면을 완전히 내리고 있다는 점이 어색하게 느껴졌다.

메카리는 일어나서 통로로 걸어나왔다.

그 순간 기동대원이 말했다.

"본청에서 나오신 오쿠무라 반장님 계십니까?"

그의 물음에 시라이와가 뒤에 있는 오쿠무라를 돌아보았다.

그 순간 기동대원이 시라이와를 밀치고 키요마루를 향해 돌진하기 시작했다. 그는 오른손으로 리볼버 권총을 꺼냈다.

기동대원의 총구가 키요마루를 향했을 때, 메카리는 반사적으로 몸을 키요마루 쪽으로 내던졌다.

메카리의 눈앞에서 한 줄기 섬광이 두 번 빛났다.

그리고 엄청난 총성과 함께 메카리 주변의 모든 소리가 사라졌다.

메카리는 자신의 몸이 먼지나 깃털처럼 날아오르는 것을 느꼈다.

4

숨을 쉴 수 없었다.

아무 소리도 들리지 않았다.

시라이와가 기동대원의 멱살을 잡고 뒤로 넘어트렸다.

리볼버 권총의 총구에서 나온 화염이 천장을 향해 달렸다.

심각한 표정의 시라이와가 기동대원의 목에 총구를 들이대고 무슨 소리를 지르고 있었다. 기동대원은 통로에 쓰러진 채 리볼버 권총을 내던지고 양손을 들고 있었다.

눈에 보이는 광경으로 미루어 볼 때, 메카리 자신도 통로에 쓰러져 있는 듯했다.

누군가가 뒤에서 메카리를 일으켜 세웠다.

"이봐, 정신 차려!"

멀리서 세키야의 목소리가 작게나마 들려왔다.

칸바시는 키요마루를 덮친 기동대원의 손에 수갑을

채워 야마구치 경찰에 인도했다.

리볼버 권총에서 격발된 총알 2발이 메카리의 방탄 조끼에 박혔다. 갈비뼈 손상은 전혀 없었다. 하지만 지근거리에서 쏘아진 총알의 충격은 강렬했다.

말 그대로 메카리가 뒤로 날아간 것이다. 가슴에 헤비급 복서의 펀치를 맞으면 아마도 이런 느낌일 것이다.

그리고 그 이상으로 강렬했던 것이 총성이었다. 밀폐된 차 안에서 발사된 총성은 그야말로 엄청났다. 아직도 귓속이 아플 지경이었다. 너무나 큰 충격파에 고막이 찢어진 것이 아닐까 싶은 생각이 들 정도였다. 물론 실제로는 멀쩡했지만 청각이 돌아오기까지 많은 시간이 걸렸다.

하지만 역시 가장 큰 충격은 메카리의 마음속에 남았다. 자신이 키요마루의 방패막이 되었다는 사실에 충격을 받았다.

방탄조끼를 입은 덕분에 결과적으로는 무사했지만 총탄이 만약 한 치라도 위쪽으로 비껴났다면 즉사했을 것이다. 방탄조끼로 커버할 수 있는 범위는 몸통뿐이다.

총에 맞았을 때 목 위부터는 정말 운이 좋지 않고서야 살아날 가능성이 없다. 메카리는 이렇게까지 죽음을 가까이 느낀 적이 없었다.

'난 죽고 싶었던 것이 아니었나? 삶에 아무 기쁨도 느끼지 못하고 죽어서 빨리 아내를 만나러 가고 싶었던 것이 아니었나?'

하지만 키요마루의 방패가 되어 죽는 것은 마음이 본능적으로 거부하는 것 같았다.

메카리는 키요마루가 죽어야 한다고 생각하지 않는다. 적어도 지금은.

하지만 죽어도 좋은 녀석이라고는 생각한다. 아무 죄 없는 소녀를 두 명이나 죽인 녀석이다. 게다가 자신의 쾌락을 위해서.

그런 키요마루를 목숨 걸고 지킬 가치가 어디에 있단 말인가.

임무라서인가? 자신이 경찰 조직의 일원이기 때문에?

메카리에게 이런 위험까지 감수해가면서 경찰 조직에 남아 있을 이유 따윈 없었다.

'지킬 가치도 없는 인간을 지키기 위해 목숨을 잃었

을 때 내 죽음에 대체 무슨 가치가 있단 말인가. 그렇게 죽은 나를 아내가 어떻게 볼 것인가. 난 키요마루를 위해서 죽을 수 없다.'

메카리는 그 사실을 명확하게 깨달았다.

맨 앞에 있는 지휘차량에서 지휘관들이 메카리 일행이 탄 버스에 나타난 것은 키요마루가 기동대원에게 공격을 당하고 20분 정도 지났을 무렵이었다.

메카리의 귀는 이제 멀쩡하게 돌아왔지만, 여전히 귓속에는 고통이 남아있다.

찾아온 사람은 경찰청 경호과 과장보좌역인 다카미네와 공안 제3과 야마나카, 고속도로 안전관리관 이시이, 이렇게 3명이었다.

"메카리 경정이 누구지?"

다카미네는 얼굴보다 약간 큰 은테 안경을 써 엘리트처럼 보이는 40대 남자였다.

"접니다."

메카리가 일어났다.

"몸은 어떤가?"

"문제없습니다."

"결과적으로 무사해서 다행이군."

전혀 진심이 담겨있지 않은 인사성 위로의 말이었다.

"우리들도 책임을 통감하고 있다네. 경호에 임하는 기동대원 중에 그런 녀석이 있었다는 것은 실로 안타까운 사고가 아닐 수 없네. 경호지휘 책임자로서 자네들에게 사죄하고 싶네."

하지만 다카미네는 그렇게 말하면서도 머리를 숙이는 시늉도 하지 않는다. 공허한 말이 귀를 스쳐지나갈 뿐이다. 말하는 내용과 달리 자신의 연설에 취해 있는 기분도 들었다. 이 남자는 가까운 미래에 정계에 진출할 것처럼 보였다.

"그리하여 우리가 논의한 결과는 이송을 지금까지의 방법으로 지속하는 것은 포기할 수밖에 없다는 것이네."

메카리는 다카미네의 연설이 길어질 것 같아 자리에 앉았다.

"더 이상 기동대원들이 키요마루를 공격하는 꼴을 두고 볼 수 없다는 건가요?"

오쿠무라가 연설에 찬물을 뿌렸다.

하지만 다카미네는 개의치 않고 말을 이었다.

"우리에게 중요한 문제는 키요마루의 목숨 자체가 아닐세. 키요마루가 경찰의 호위 속에서 살해당하는 사태가 발생하느냐가 문제일세."

메카리는 키요마루를 보았다.

키요마루는 창밖을 보고 있었다. 그 표정에는 변화가 없었다.

"더구나 경찰관에 의해 살해당한다면 더 큰 문제지."

"그럼 일반인이 키요마루를 죽이는 편이 낫다는 말씀인가요?" 칸바시가 끼어들었다.

"키요마루가 자살이라도 해주면 최상이라는 말씀이군요."

다카미네는 자신이 야유를 받으리라고는 생각지 못한 듯했다.

"무, 물론 그것이 귀중한 혈세를 낭비하지 않고 가장 빨리 사태를 해결하는 방법이라는 점은 부정하지 않겠네."

그렇게 말하며 엷은 미소를 띠었다.

'키요마루는 이 남자의 말을 들으면서 어떤 생각을 하고 있을까.'

키요마루의 표정에서는 아무것도 느낄 수 없었다.
"그러면 지금부터는 이송 방법을 어떻게 변경하실 계획입니까?"
오쿠무라가 다카미네에게 결론을 물었다.
"아니, 오늘 이송은 여기서 중지할 걸세."
"네!?"
시라이와가 황당하다는 듯이 소리쳤다.
"지금부터는 일단 야마구치 경찰서에 들어가 본청과 협의를 하면서 새로운 이송계획을 짤 생각일세."
오쿠무라가 자리에서 벌떡 일어났다.
"그렇다면 저희들 5명이 키요마루 이송을 계속 하겠습니다."
이번에는 다카미네와 함께 온 공안 3과의 야마나카가 "뭐라고?"하고 소리쳤다.
다카미네는 오쿠무라를 비웃듯 쳐다보았다.
"이렇게 중대한 국면에서 자네들 같은…, 아니, 자네들만 믿고 키요마루를 맡길 수 있다고 생각하나?"
'자네들 같은 밑바닥 놈들'이라고 말하려고 한 걸까.
"저희들은 본청 형사부장님의 명령으로 움직이고 있습니다. 저희들 힘으로 키요마루를 이송할 수 있습니다."

오쿠무라는 한치도 물러서지 않았다.

다카미네와 야마나카, 이시이는 말문이 막혔다.

그러자, 오쿠무라가 칸바시에게 말했다.

"야마구치 경찰서에 연락해서 경찰차 2대만 빌려와. 이 부근 지리를 잘 아는 운전기사도 포함해서."

"알겠습니다!"

칸바시는 빙긋 웃으며 다카미네 옆을 지나가려 했다.

그 순간, 다카미네가 칸바시의 어깨를 잡았다.

"멈춰! 자네들 멋대로 행동하게 둘 순 없어!"

그러자, 칸바시가 오쿠무라를 턱으로 가리키며 말했다.

"전 저분 부하이지 당신 부하가 아닙니다. 하실 말씀이 있으시면 본청에 해주세요."

칸바시는 다카미네의 팔을 뿌리치고 기세 좋게 버스를 뛰쳐나갔다.

이렇게 되면 이송팀 중 유일하게 후쿠오카 경찰서 사람인 세키야의 입장이 미묘해진 셈이다. 하지만 세키야도 오쿠무라의 호언장담에 매료된 모양이었다.

"각자 여러 입장이 있을 수 있겠지만 키요마루는 저희에게 맡겨 주시겠습니까? 원래부터 그런 계획이었잖아요. 그보다 니나가와 회장한테 체포 영장은 떨어졌나요? 니나가와 회장의 청부살인 광고부터 중단시키는 것이 순리 아닐까요?" 세키야가 말했다.

그런 것은 이송팀 팀원 따위가 나설 문제가 아니라는 듯 다카미네가 웃으며 말했다.

"여러 정치적 이해관계가 얽혀 있는 사안이야. 그렇게 간단한 문제가 아니야."

다카미네는 은연 중에 정치인의 개입이 있다는 것을 드러냈다.

니나가와가 국회 앞마당에 돈을 뿌린 효과가 나오는 걸까.

다카미네는 다시 오쿠무라를 차가운 시선으로 쳐다보았다.

"대체 자네들은 어떤 방법으로 키요마루를 이송할 계획이지?"

"신칸센(우리나라의 KTX 같은 고속열차 – 역자 주)밖에 없죠."

오쿠무라가 단호하게 말했다.

"저희들의 계획이 외부에 새어나가지만 않으면 됩니다. 신칸센을 타면 5시간이면 도쿄에 도착할 수 있습니다."

세키야가 다카미네에게 말했다.

메카리도 다시 일어나 호소했다.

"정말 간곡히 부탁드리고 싶습니다."

다카미네는 의심의 눈초리로 메카리를 보았다.

"그리고 한 가지 더 부탁드리자면, 저희가 신칸센을 타기 위해 역으로 향해도 이송 부대는 지금처럼 고속도로로 계속 이동해주셨으면 합니다."

다카미네는 그제야 메카리의 의도를 이해한 모양이었다. 이대로는 경찰이 주도한 대규모 이송 작전은 실패로 끝나고 만다. 하지만 지금부터 키요마루 없이도 이송 부대가 계속 행렬을 이어가면, 이송은 이송대로 성공시키면서 세간의 이목도 끌 수 있을 것이다.

키요마루 홈페이지의 지도상에 이송 부대 위치가 계속 고속도로 위로 표시되는 사이 키요마루를 신칸센으로 이송할 수만 있다면 위험도 최소한으로 줄일 수 있다.

결국 다카미네도 메카리 팀이 제안한 방법을 승낙했

다.

시라이와와 세키야는 신칸센이 정차하는 가장 가까운 역인 신야마구치역에 먼저 가서 상황을 확인해 본 뒤, 그들이 탑승할 열차표를 확보하기로 했다. 둘을 태운 경찰차는 사이렌 소리를 울리며 맹렬히 출발했다.

그리고 나머지 메카리 팀과 키요마루는 이송 행렬에 쓰이고 있던 SUV 차량 1대를 빼내 역까지 이동하기로 했다. 문제는 키요마루가 버스에서 내려 SUV 차량을 타는 순간, 상공에 있는 헬기가 그 영상을 찍어 버리면 모든 것이 수포로 돌아간다는 사실이었다.

이것을 막기 위해 현재 그들이 타고 있는 버스와 SUV 차량을 고속도로 휴게실 화장실에 최대한 가까이 붙이기로 했다. 화장실 건물은 입구에 긴 가림막이 있어 정면에 차량을 주차하면 상공에 있는 헬기가 아래쪽 상황을 찍을 수 없을 것이었다.

칸바시가 먼저 화장실에 들어가 내부를 체크했다. 실제로 키요마루가 화장실에 가서 용변을 보겠다고 했다. 그 사이 행렬 끝에 있던 SUV 차량이 화장실 쪽으로 왔다.

그 순간 메카리는 운전기사의 행동에 수상한 점을

느꼈다. 침착함을 가장하고 있는 듯했지만 뭔가 눈빛의 움직임이 부산스러웠다.

메카리는 조용히 권총을 뽑았다.

메카리와 오쿠무라는 키요마루의 앞뒤를 가린 채 SUV 차량에 접근했다. 그리고 메카리가 뒷좌석 문을 열었다.

그때 운전기사의 시선이 키요마루에 고정되었다. 그러더니 오른손이 웃옷 안쪽으로 움직였다.

순간, 운전기사의 얼굴에 칸바시가 총구를 들이밀고 말했다.

"이래도 100억을 받고 싶으면 계속 해보지 그래?"

그제서야 운전기사는 오른손을 웃옷 안쪽에 넣어둔 권총에서 떼고 천천히 양손을 들어올렸다.

다카미네는 그 모습을 보고 얼어붙고 말았다.

칸바시는 왼손으로 운전기사의 권총을 빼앗아 자신의 허리춤에 넣었다.

메카리는 먼저 오쿠무라를 뒷좌석에 태우고 이어서 키요마루를 태웠다.

마지막으로 주위를 경계하면서 메카리가 차에 올라타 문을 닫았다.

"자, 출발할까."

칸바시가 총구로 운전기사의 미간을 툭툭 건드리며 말했다.

"허튼 짓을 하면 머리통을 날려버릴 거다!"

운전기사는 덜덜 떨면서 알았다고 대답하고는 차량을 출발시켰다.

일반 시민의 습격에는 한계가 있다. 두려운 것은 도리어 경찰이다.

이송팀의 팀원을 포함해서.

911
POLICE

5 명

1

메카리와 오쿠무라, 칸바시는 키요마루를 SUV 차량에 태워 시모노세키 IC를 지나 2번 국도를 내달렸다.

신야마구치역은 야마구치현 오고리 거리에 있었다.

2번 국도는 딱히 막히지 않았다. 약간의 정체가 있었지만, 그런 구간은 살짝 사이렌을 울리며 빠져나가면 되었다.

메카리는 기동대와 떨어진 덕분에 마음이 조금 편해졌다.

기동대원들에게 무장을 허용한 것은 명백히 메카리의 실수였다. 기동대원 중에서 키요마루를 공격하는 사람이 나올 가능성이 크므로 그것을 예상했어야 했다.

메카리는 소녀를 살해한 살인범을 지킨다는 원치 않은 임무가 주어졌음에도 이를 충실히 수행하고 있는 마당에, 자기 이외의 경찰들은 그렇지 않다고 의심하는 것이 꺼려졌는지도 모른다.

그러나 그것은 방심이었다. 그 방심이 빈틈을 만들었

고, 그 때문에 메카리는 아까 키요마루의 방패로 전락하고 말았다.

만약 아까 기동대원 여럿이 동시에 키요마루를 공격했다면, 메카리도 키요마루를 지킬 수 없었을 것이다. 만약 키요마루가 살해당했다면 그 전에 먼저 메카리도 죽었을 것이다.

하지만 이제 주변에 기동대원은 없다. 그러니 그들이 탄 차량에 의도적으로 접근해오는 사람은 모두 적이라고 상정해도 문제없다. SP인 메카리에게는 이런 상황이 차라리 대비하기 쉬웠다.

아까 버스에서 내려 SUV 차량을 타고 출발한 것이 오전 10시 20분경이다. 이 상태대로라면 아마도 1시간 정도 후에 신야마구치역에 도착할 것이다.

그렇다면 정오에 신칸센을 탈 수 있을 것이고, 결국 저녁 5시 전에는 도쿄역에 도착할 것이다.

도쿄역에서 경찰청 본청이 있는 카스미가세키까지는 매우 가깝다.

이송 부대가 고속도로를 달리면서 세간의 이목을 끌어주는 한 그들이 탄 SUV 차량이 습격당할 위험은 매우 낮다. 물론 이송팀 중에서 키요마루를 덮치는 자가 나오지 않는다면, 이라는 전제가 붙어야 하지만.

물론 그 가능성이 없다고는 단언할 수 없다. 하지만 시라이와가 키요마루를 덮칠 일은 없다. 지금까지 겪어본 시라이와는 그런 녀석이 아니기 때문이다.

세키야는 알게 된 지 얼마 되지 않지만 역시 위험한 느낌은 없었다. 키요마루를 보는 시선에 경멸이 담겨있지 않았기 때문이다. 형사라기보다는 학생들한테 인기 있는 체육 선생님 같은 느낌의 남자다. 게다가 그를 보면 조금의 초조함도 없다. 표정이나 목소리에 떨림도 전혀 없다. 그런 그가 마음속에 키요마루에 대한 살의를 품고 있을 리는 없었다.

그에 반해 오쿠무라는 전혀 파악할 수 없는 인물이었다. 온화한 분위기지만 동시에 엄격함도 지니고 있다. 상황이나 상대에 따라 선하게 또는 악하게 변할 수 있는 사람이라 느껴졌다. 하지만 돈을 위해서 사람을 죽일 사람으로까지 보이지는 않았다.

역시 가장 조심해야 할 인물은 칸바시 같았다. 칸바시는 욱하는 성격이다. 게다가 명백히 키요마루를 혐오하고 있다. 명확한 살의가 있는 것까지는 아니더라도 앞으로 사소한 일로 격분하여 키요마루를 살해할 가능성은 있을 것 같았다.

그래도 메카리는 자신이 키요마루 옆에 있다면 그를 지킬 수 있다는 자신감이 있었다. 만약 칸바시가 키요마루에게 공격을 하는 순간이 온다면, 키요마루는 칸바시를 쏠 각오도 되어 있다. 그 때문에 칸바시가 죽는다고 해도.

신야마구치역에 도착했을 때 역 앞 사거리에는 또 다른 경찰차가 대기하고 있었다. 아마도 이송 부대의 연락을 받고, 키요마루를 덮치려던 SUV 운전기사를 체포하러 온 것 같았다.

하지만 그 경찰관들을 키요마루에게 접근시킬 수는 없었다. 그들도 믿을 수 없기 때문이다.

메카리의 지시로 운전기사는 SUV 차량을 경찰차에서 약간 떨어진 위치에 주차시켰다.

오쿠무라와 칸바시가 먼저 차에서 내려 운전기사를 데리고 경찰차로 접근했다. 운전기사는 저항하지 않았다.

경찰차에서는 제복을 입은 경찰 두 명이 내렸다. 그들은 다가오는 오쿠무라를 보고 거수경례했다.

오쿠무라와 칸바시도 가볍게 경례를 한 뒤, 운전수를 그들에게 넘겼다. 경찰 한 명은 운전기사에게 수갑을 채워 경찰차 뒷좌석에 태웠다.

칸바시가 운전기사에게서 압수한 권총을 나머지 한 명의 경찰에게 건네주었다.

그리고 경찰차는 곧바로 그 자리를 떴다.

이제 메카리는 핸드폰으로 먼저 세키야와 함께 출발했던 시라이와에게 역에 도착했다고 알렸다.

그사이 돌아온 오쿠무라와 칸바시가 SUV 차량에 다시 올라탔다.

곧이어 역 안에 있던 세키야와 시라이와가 돌아왔다.

세키야는 빈 운전석에 탔고, 시라이와는 차량 밖에서 주위를 경계하고 있었다.

"11시 45분 도쿄행 티켓 6장을 확보했습니다." 세키야가 말했다.

"혹시 객실 칸은 없었나?" 오쿠무라가 물었다.

키요마루를 최대한 사람들 눈에 띄지 않게 하려면 일반석이 아닌 객실 칸이 바람직했다.

"객실이 있는 열차는 신오사카역까지만 운행하더군

요."

어쩔 수 없다는 듯 오쿠무라도 고개를 끄덕였다.

시라이와는 미리 상황을 확인하기 위해 혼자서 승강장으로 향했다.

메카리 일행은 역 내부나 승강장에서 사람들 눈에 띄지 않기 위해 그들이 탑승할 열차가 오기 전까지는 SUV 차량 안에서 대기하기로 했다.

"이봐, 윗선에 연락해 둬."

오쿠무라의 말에 칸바시가 핸드폰을 꺼내 경찰청 수사1과에 전화를 걸었다.

"칸바시입니다. …네, 그렇습니다. …네, 지금 문제는 없고요…."

이송 방법 변경에 대해 본청에 보고를 하는 모양이었다.

"네, 그래서 지금부터 신칸센 열차를 탈 예정입니다. 열차번호는 노조미 86호입니다. 도쿄 도착 예정 시간은 오후 4시 26분입니다."

메카리는 키요마루를 보았다. 키요마루는 잠들어 있었다.

신경이 둔감한 것인지 심신이 피폐해진 건지 판단하

기 어려웠다.

"자, 슬슬 출발하지."

오쿠무라가 손목시계를 보며 말했다.

메카리는 키요마루를 깨운 다음 파카의 후드를 깊게 눌러쓰게 했다. 그렇게 하니 키요마루의 얼굴 절반이 가려졌다.

누군가 파카를 걷어 일부러 얼굴을 보려고 하지 않는 이상 키요마루라는 것을 알아차리기 힘들 것이다.

5명은 SUV 차량에서 내려 승강장으로 향했다.

오쿠무라와 칸바시가 나란히 앞장선 다음, 그 뒤를 세키야가, 그리고 좀 더 뒤를 키요마루가 잇고 있었다. 메카리는 키요마루의 바로 뒤를 따라붙으며 주위를 경계했다.

역 내는 평일 오후인 탓인지 인파는 별로 없었다. 메카리 일행에게 주의를 기울이는 자도 거의 없었다.

그들은 신칸센 승강장 개찰구를 통과하여 에스컬레이터를 탔다. 계단이나 에스컬레이터는 특히 경계가 필요하다. 살짝 밀치기만 해도 생명이 위험하기 때문이다.

승강장에 도착했을 때 마침 열차가 들어왔다.

노조미 86호 차량 문 앞에 서 있는 시라이와가 보였다.

곧 열차 문이 열렸다.

시라이와가 먼저 올라타고, 키요마루를 포함한 메카리 일행이 그 뒤를 이었다.

시라이와가 열차 내부를 확인하는 사이 메카리는 키요마루를 열차 화장실에 넣고 문을 닫았다.

그리고 시라이와로 하여금 화장실 문 앞을 지키게 한 다음, 메카리는 주위를 확인했다.

대충 살펴보니, 승차율은 20-30% 정도일 것 같았다.

잠시 후, 발차벨이 울렸다. 열차 문이 닫히고 열차가 출발했다.

어느 틈엔가 사라졌던 세키야가 차장을 데려왔다.

차장에게 몸이 좋지 않은 사람이 있다고 말한 다음, 화장실 옆에 있는 승무원실crew room을 열게 만들었다.

열차 화장실 옆에 있는 승무원실은 폭이 2미터, 깊이가 1미터 정도로 예상보다 작았다.

메카리는 승무원실을 살펴본 다음, 시라이와를 시켜

키요마루를 화장실에서 승무원실로 옮기도록 했다. 그런 다음 메카리와 시라이와가 승무원실 앞만 교대로 지키면 된다.

어느 정도 안정을 되찾자, 오쿠무라, 칸바시, 세키야 3명은 열차 내 일반석으로 이동했다.

승무원실 바깥에 시라이와가 서 있도록 한 다음, 메카리는 승무원실 안으로 들어가 문을 닫았다. 좁은 방 안에 키요마루와 단둘이 있는 것이 편치 않았지만 어쩔 수 없다.

키요마루는 등받이에 깊게 몸을 묻은 채 콧노래를 부르고 있었다.

'정말 못 해먹겠다.' 메카리는 그렇게 생각했다.

할 수 없이 메카리도 작은 의자에 앉아 핸드폰을 꺼냈다. 이송 부대가 현재 어디쯤을 달리고 있는지 확인하고 싶어서였다.

이제 메카리 일행이 이송 부대와 헤어진 뒤 1시간 반이 지났다. 이송 부대도 슬슬 히로시마현에 도착했을 것이다.

메카리가 외부 상황이 어떤지 확인하고자 키요마루 홈페이지에 접속하자, 핸드폰 화면에 지도가 표시되었다. 그런데 그것을 본 메카리는 깜짝 놀라지 않을 수 없었다.

처음에는 눈을 의심했다. 그리고 이내 온몸에 소름이 돋았다.

지도에는 지금 그들이 있는 신야마구치역이 표시되고 있었던 것이다.

그리고 점멸하는 붉은 점은 열차의 이동과 함께 서서히 신야마구치역으로부터 멀어지고 있었다.

정보가 유출되고 있는 것이 명백했다.

경찰 내부에 있는 누군가가 니나가와 회장 측에게 정보를 흘린 것이 틀림없었다.

본청 수사1과에 이송 방법을 신칸센으로 바꾸겠다고 연락을 취한 사람은 칸바시였다. 그렇다면 칸바시가?

아니다. 칸바시보다는 칸바시로부터 보고받은 본청 관계자가 니나가와 회장 측과 연결되어 있을 가능성이 더 컸다.

붉은 점이 언제부터 버스에서 옮겨져 신칸센으로 표시되어 있었는지는 정확히 알 수 없다.

그렇다면 신야마구치역 승강장에서도 누군가 나타나 갑자기 공격을 해왔을 수 있다는 이야기가 된다. 그것을 생각하면 지금까지 무사한 것이 그나마 다행이었다.

결국 지금 메카리 팀 앞에 도사리고 있는 문제는 바로 다음 정거장, 히로시마역이었다.

2

메카리는 열차 내 승무원실에서 나와, 시라이와에게 핸드폰 화면을 보여주었다.

"이거 진짜예요?"

시라이와의 표정은 무척 긴장되어 보였다.

메카리는 시라이와에게 다른 팀원들을 승무원실 안으로 불러모으게 했다.

메카리는 허리춤에 차고 있는 권총으로 손을 가져갔다. 키요마루가 이 열차 안에 있다는 사실을 아는 승객도 이미 있을 것이다. 핸드폰으로 키요마루 홈페이지를 본 사람이라면 충분히 알 수 있을 테니까.

그렇다면 언제 공격 당해도 전혀 이상하지 않은 상황이었다.

"무슨 소리야!"

칸바시가 소리를 지르며 승무원실로 뛰쳐 들어왔다.

"정보를 빼돌린 녀석이 있어."

메카리는 칸바시에게도 핸드폰 화면을 보여주었다.

칸바시는 할 말을 잃었다.

지금은 아예 화면에 '노조미 86호'라는 열차 번호까지 표시되고 있다.

칸바시의 뒤에 서서 핸드폰 화면을 들여다보던 세키야의 표정에도 긴장감이 감돌았다.

메카리는 배터리를 아끼기 위해 일단 핸드폰을 호주머니에 집어넣었다.

"이제 어떻게 하지?" 오쿠무라가 담담하게 물었다.

오쿠무라는 웬만해선 감정을 드러내지 않았다. 아니면 이런 일조차 예상했던 걸까.

이송팀원 중에도 정보를 흘린 자가 있을 가능성을 부정할 수 없었다. 하지만 적어도 오쿠무라와 칸바시는 계속 메카리와 같이 있었다. 따로 행동했던 인물은 세키야와 시라이와다.

맨 처음 신칸센을 타자는 오쿠무라의 제안에 동조한 것도 세키야였다. 시라이와는 표를 구해왔을 뿐이었다.

'의심을 품고 세키야의 행동을 관찰했어야 하는 걸까.'

하지만 지금은 팀원들 중 누가 정보유출자인지를 따질 여유가 없었다.

메카리는 마음을 진정시키고 가까스로 오쿠무라에게 대답했다.

"다음 정차역인 히로시마역에서 키요마루를 노리는 자가 열차에 탈 수도 있다고 생각합니다. 그렇다고 그것을 피하기 위해 히로시마역에서 내리는 것도 위험합니다. 키요마루를 습격하려는 자들이 승강장에 얼마나 모여있을지 모르니까요."

"그러면 지금이라도 히로시마 경찰에 연락해서 히로시마역에 삼엄한 경계를 서 달라고 요청하면 어떨까요?" 세키야가 말했다.

그 말에 메카리는 짜증이 났다.

"지금까지 다들 보셨다시피 위험한 존재는 민간인이 아니라 경찰입니다. 총을 가진 경찰관이 다수 모인 곳으로 키요마루를 데려가는 건 가장 위험해요."

세키야는 째려보는 메카리의 눈을 피했다. 메카리가 버스 안에서 기동대원의 총에 맞은 것을 떠올렸을지도 모른다.

"그럼 어떻게 하지?"

이번엔 칸바시가 물었다.

"다같이 의논해서 정했으면 합니다. 키요마루의 안

전을 우선적으로 고려한다면 이 열차에 탄 채로 계속 가야 합니다. 우리 5명이서 이 승무원실을 지키는 것은 어렵지 않죠."

메카리는 각각의 반응을 살피며 말을 이었다.

"하지만 그 때문에 위험에 노출되는 것은 우리들입니다. 이 좁은 열차 안에서 누군가가 총으로 우리를 공격해 오면 피할 곳이 없죠."

모두가 입을 다물었다.

드디어 상황을 이해한 모양이었다.

"그런 위험을 감수하기 싫다면 즉시 열차를 긴급정지시킨 다음, 철로 위에 일단 내려야죠. 그 후엔 어떻게 할지 모르겠습니다…."

"키요마루를 통로에 나가라고 하고, 우리가 이 안에 숨는 건 어때?"

칸바시가 농담인지 진담인지 모를 소리를 했다.

하지만 아무도 그에 반응하지 않았다.

잠시 침묵이 이어졌다.

무거운 분위기를 깨듯 세키야가 입을 열었다.

"우리들이 맡은 임무를 생각하면 우리의 안전보다 키요마루를 지키는 것을 우선해야 합니다. 우리는 너무 걱정할 필요 없어요. 모두 방탄조끼를 입고 있고, 권총도 가지고 있습니다. 어떻게든 버텨야 하는 상황입니다."

어찌 보면 믿음직한 발언이었다.

하지만 메카리는 그 말이 왠지 현실성 없는 허황된 이야기 같았다. 그저 입만 번지르르한 녀석.

이전까지의 세키야에 대한 호감과 믿음이 사라진 것 같았다.

결국 지금 이대로 신칸센을 타고 가자는 메카리의 의견에 아무도 반대하지 않았다.

누구 하나 명확한 찬성의 의사표시를 한 것도 아니었지만, 그렇다고 대놓고 반대하기도 힘들었을 것이다.

메카리는 열차 안이나 승강장에서 수많은 경찰관들에 의해 키요마루가 둘러싸이는 것만큼은 피하는 것이 좋겠다고 판단했다.

이제 메카리의 지시에 따라 각자 자리를 잡았다.

오쿠무라와 시라이와는 승무원실 안에서 키요마루 바로 옆에 앉게 했다.

메카리는 조금 전에 시라이와에게 시켰던 것과 마찬

가지로 승무원실 바로 바깥에서 승무원실 문에 등을 댄 채 통로에서 보초를 섰다. 통상 SP는 경호대상자 바로 옆에 있는 것이 원칙이지만, 적이 승무원실 자체에 근접하지 않게 하는 일에 집중하기로 했다. 어찌 보면 가장 위험한 일을 맡은 것이다. 그런 일을 다른 팀원에게 미루는 것도 싫었다.

그리고 앞쪽 열차로 이어지는 객실 문 앞에는 세키야를, 뒤쪽 열차로 이어지는 객실 문 앞에는 칸바시를 세웠다.

지금부터 누군가로부터 공격을 당하면 이송팀원 중에 부상자가 발생할 가능성이 충분했다. 사전에 그 위협을 차단하는 것이 중요했다.

그러기 위해서는 이 열차 칸으로 진입하려는 자를 애초에 막아야 한다. 그런 역할로는 험상궂은 얼굴의 세키야와 칸바시가 적절했다.

메카리는 세키야와 칸바시에게 언제든지 권총을 꺼낼 수 있도록 준비하고 있으라고 지시했다.

그리고 주저하지 말고 상대보다 먼저 총을 쏘라고도 했다.

기동대원의 총에 맞을 때 메카리가 얻은 교훈이었

다.

열차 안에서 안내방송이 흘러나왔다.

이제 곧 히로시마역에 도착한다는 내용이었다.

메카리는 총을 맞았을 때가 다시 떠올랐다.

그것은 공포가 아니었다.

굴욕이었다.

자신에게도 총이 있었음에도 손 쓸 틈도 없이 상대의 총에 맞은 것은 굴욕이었다.

"수상하면 먼저 쏴라."

오오키 계장의 말이 떠올랐다.

'그래, 진작에 그랬어야 했어.'

묘한 흥분감이 메카리를 지배했다.

열차가 역에 정차할 것이 임박하자, 세키야가 승객들에게 외쳤다.

"죄송합니다만, 현재 이쪽으로는 타고 내리실 수 없습니다. 부디 반대편 문을 이용해주세요."

그렇게 반복해서 외치는 소리가 들렸다.

메카리는 정면 승강구 문에 다가갔다.

이윽고 열차가 정차하고 자동문이 열리자, 승강장에

서 대기 중인 사람들이 나타났다. 맨 앞에 서 있던 사람들은 노부부였다.

"경찰입니다. 다른 문으로 타주세요."

메카리가 그렇게 말하자, 그들은 아무 말 없이 다른 방향으로 이동했다. 그 바로 뒤에 있던 회사원도 작게 불평하며 이동했다.

회사원 뒤에 있던 젊은 여성 두 명도 서로 얼굴을 쳐다보며 이동했다.

그때 승강장에 5, 6명의 남자가 달려오는 것이 보였다.

"이 문으로는 탈 수 없습니다!"

메카리가 큰 소리로 외쳤다.

그래도 남자들은 멈추지 않았다.

메카리는 허리춤에서 즉시 권총을 뽑았다.

"경찰이다. 멈춰!"

총을 본 남자들은 그제서야 허둥대며 급정지했다. 그들은 분노인지 공포인지 모를 눈으로 메카리를 쳐다보았다.

그들은 열차를 놓칠까봐 뛰어왔던 모양이다. 하지만 메카리는 절대 의심의 고삐를 늦출 수 없었다.

잠시 후, 열차 문이 닫혔다. 고작 1분 정도의 시간이었지만, 메카리는 그 시간이 정말 길게 느껴졌다.

열차는 다시 출발했다.

메카리는 제위치인 승무원실 문 앞으로 돌아와 권총을 다시 집어넣었다.

세키야가 메카리를 보면서 웃으며 말했다.

"어때요? 별일 없었죠?"

'이 녀석은 바보인가. 문제는 지금부터야.'

방금 전 역에서 키요마루를 노리는 자가 이 열차에 올라탔을 것이 분명했다. 이 열차는 16개의 차량으로 연결되어 있다. 그중 어딘가에 탄 녀석이 이제부터 키요마루를 찾기 위해 열차 안을 휘젓고 다닐 것이다.

그리고 얼마 지나지 않아 이곳에 도달할 것이다.

그때 뒤쪽 열차 문이 열리면서 3명의 남자가 들어왔다.

"경찰이다. 여기는 지나갈 수 없다!"

칸바시가 외쳤다. 오른손은 허리춤에 차고 있는 권총에 대고 있었다.

3명의 남자들은 딱 보기에도 껄렁껄렁해 보였다.

"왜?"

맨 앞으로 나선 양복 차림의 남자가 말했다. 얼굴에는 수염이 있었다.

"잔소리하지 말고 돌아가라는 말이야."

"너, 지금 뭐라고 했어…?"

3명의 남자들이 칸바시에게 접근했다.

칸바시의 총구가 이미 수염 난 남자의 이마를 향했다.

"빨리 자리로 돌아가!"

하지만 칸바시가 그렇게 내뱉은 순간, 그의 관자놀이에는 두 개의 총구가 겨눠졌다.

수염 난 남자의 왼쪽에는 가죽 잠바에 선글라스를 끼고 있던 남자가, 오른쪽에는 청바지를 입은 대머리 남자가 총을 들고 서 있었다.

메카리는 이미 권총을 뽑아 3명을 동시에 조준했다.

하지만 이대로 총을 발사하면 칸바시가 위험했다.

"좋아, 이놈들아! 쏠 테면 쏴 봐!"

칸바시가 호기롭게 외쳤다.

"그 대신 네 놈들도 대가리가 터질 거다!"

그 말이 채 끝나기도 전에 한 발의 총성이 울렸다.

칸바시가 쓰러졌다.

수염 난 남자의 오른손에도 권총이 들려 있었다. 그 권총에서 연기가 피어오르고 있었다.

메카리는 곧바로 4발의 총알을 쐈다.

메카리의 귀에서 모든 소리가 사라졌다.

튀어나간 약실이 시야 끝에서 벽에 부딪쳤다.

남자 3명이 바닥에 쓰러졌다.

메카리가 그들의 하반신을 노리고 쐈기 때문이었다. 상반신에 쐈으면 즉사했을 것이다.

3명 중 2명은 충격으로 인해 움직이지 못했다.

하지만 대머리 남자는 달랐다. 쓰러진 채로 떨어트린 권총을 주우려고 했다.

“꼼짝 마!”

메카리가 외쳤다.

하지만 정말로 그 목소리가 입 밖으로 잘 나왔는지는 메카리의 귀로 알 수 없었다.

대머리 남자는 움직임을 멈추지 않았다.

결국 메카리는 방아쇠에 손가락을 걸었다. 아드레날린이 분비 중인 인간을 순간적으로 완전히 정지시키기 위해서는 뇌, 척수 등 중추신경계를 파괴하는 수밖에 없었다.

메카리는 대머리 남자의 눈과 눈 사이를 정조준했다.

그때 갑자기 남자의 손에서 권총이 떨어져 나갔다. 칸바시가 쓰러진 채로 대머리 남자의 어깨를 조준해서 쏜 것이었다.

대머리 남자는 이제 피바다 속에서 꿈틀대고 있었다.

메카리의 뒤에서 세키야가 뛰어왔다.

세키야는 남자 3명에게 총구를 겨눈 채 다가오며, 그들의 총을 저 멀리로 걷어찼다.

메카리는 승무원실 문에 등을 기댄 채 칸바시가 지키던 뒤쪽 차량 쪽 문을 감시했다.

그때 자동문이 열리며 차장이 조심스럽게 얼굴을 들이밀었다. 총소리를 듣고 달려온 것 같았다.

"부상자가 발생했습니다! 가까운 역에 연락해서 구급차가 대기할 수 있도록 해주세요!"

메카리의 말에 차장이 고개를 크게 끄덕이고는 서둘러 사라졌다.

이번에는 승무원실 문이 열리더니, 오쿠무라가 고개를 내밀었다. 참상을 보고 할 말을 잃은 듯했다.

칸바시가 총을 맞았다.

메카리는 마음이 아팠다.

열차 안에서 총격 사건이 발생해 4명이나 부상자가 발생한 이상 이 열차는 도쿄까지 예정대로 달릴 수 없을 것이다.

결국 다음 정차 역에서 경찰은 모든 승객을 내리게 한 다음 현장 검증을 할 것이다.

이제 이송팀은 어떻게 될까.

그들의 미래는 완전히 불투명해졌다.

3

열차 통로 바닥에 엄청난 양의 피가 흐르고 있었다.

주위 벽에도 상당히 많이 튄 것 같았다.

코에는 피 냄새가 진동했다.

칸바시는 왼쪽 복부에 총을 맞았다.

스스로 벗은 상의를 상처에 대고 지혈을 하고 있지만, 이미 상당량의 피를 흘렸는지 혈색이 좋지 않았다. 죽지는 않더라도 곧바로 치료를 받지 않으면 뼈의 손상 정도에 따라 긴 재활 기간이 필요할지도 모른다.

공격해온 남자 3명도 다량의 출혈이 있었지만 생명에는 지장이 없어 보였다. 세키야와 오쿠무라, 시라이와가 최대한 지혈을 해주고 있었다.

메카리는 혼자서 승무원실 문 앞을 지키고 있었다.

이 참상을 보고도 공격해올 멍청이가 있을 것 같지는 않지만 어떤 상황이든 예외는 있다.

따라서 긴장을 풀 수 없었다.

원래대로라면 '노조미 86호'가 정차해야 할 다음 역은 후쿠야마역이었다. 하지만 후쿠야마역까지는 30분 정도가 걸리기 때문에 가장 가까운 신칸센 정차역인 미하라역에 긴급 정차하기로 했다.

메카리는 처음으로 사람을 향해 총을 쏘았다는 사실에 스스로 놀랐다. 의외로 죄책감 같은 기분은 들지 않았다.

'SP 창설 이래, 발포 사례 제로zero'라는 전통? 그따위 전통 개나 줘!'

오히려 주저 없이 발포했다는 사실에 묘한 만족감이 느껴졌다.

아까부터 들던 우쭐함이 이어지고 있었다.

'난 어딘가가 망가져버린 인간일까.'

문득 그런 생각이 들었다.

미하라역에 도착했을 때, 승강장에는 이미 구급대원들이 대기하고 있었다.

대머리 남자가 가장 먼저 들것에 실려 나갔다.

메카리는 구급대원이 수상한 짓을 해도 곧바로 쏠 생각으로 권총에 계속 손을 대고 있었다. 칸바시처럼 총을 맞고 나서 대응하면 늦기 때문이었다. 구급대원들에게 총이 있는지는 모르겠지만.

차례차례 부상자가 들것에 실려 나갔다.

마지막으로 칸바시가 들것에 누워 얼굴을 찡그리며 고통을 참고 있었다.

"이봐."

그가 메카리를 향해 말했다.

"키요마루는 지킬 가치가 있는 게 맞아?"

메카리는 선뜻 대답할 수 없었다.

"저런 개새끼를 위해서 왜 우리가 목숨까지 걸어야 하는 거야!"

칸바시는 들것에 실려 가면서 외쳤다.

남아 있는 이송팀 전원이 같은 생각일 것이다.

메카리는 열차가 미하라역에 도착하면 '노조미 86호'에 타고 있는 승객 전부를 내리게 할 수 있을 것으로 예상하고 있었지만, 그렇게 할 수 없었다.

차장의 설명에 의하면, 미하라역은 원래 신칸센 중에 '코다마 호'들이 정차하는 역이라서, '노조미 호' 승객들이 여기서 내릴 경우 환승이 어려워진다고 했다. 그리고 미하라역에는 16량이나 되는 긴 열차가 정차할 공간이 없다고도 했다.

결국 메카리 팀이 타고 있는 '노조미 86호'는 이대로 그 다음 역인 후쿠야마역까지 가게 되었다.

거기서도 역시 위험한 것은 경찰일 것이다.

미하라역 승강장에도 많은 제복경찰이 있었지만 다행히 다가오는 자는 없었다.

메카리가 걱정하는 것은 키요마루를 내리게 해야 하는 후쿠야마역에 대기하고 있을 수많은 경찰이었다.

그때 열차 내에서 메카리가 있는 쪽으로 다가오는 두 남자가 보였다. 팔에는 '철도 경찰'이라고 쓰여진 완장을 차고 있었다. 히로시마 경찰서 소속 철도경찰대원인 것 같았다.

"후쿠야마역까지는 저희가 동행하겠습니다."

갑자기 나타난 두 남자는 40대 중반과 30대 초반으로 보였다.

승강구 문이 닫히고 열차가 미하라역을 출발했다.

세키야가 철도 경찰의 질문에 답하며 지금까지의 상황을 설명하고 있다.

"…그렇다면, 그 세 명을 피투성이로 만든 게 당신이야?"

나이 많은 쪽이 메카리를 보며 놀란 듯이 말했다.

메카리는 왼손 손바닥을 앞으로 내밀며 말했다.
"그 이상 다가오지 마세요."
오른손은 권총에 댄 채 말했다.
"뭐라고?"
남자의 이마에 힘줄이 돋았다.
"지금 뭐라고 했어!? 무슨 의미냔 말이야, 어?"
또 다시 남자가 메카리를 향해 다가왔다.
메카리는 권총을 뽑아 남자에게 총구를 겨눴다.
남자는 숨을 꼴깍 넘겼다.
젊은 쪽 철도 경찰도 굳은 표정으로 메카리를 쳐다보았다.
그러자, 오쿠무라가 나서서 두 남자 앞에 섰다.
"저희들도 몇 번이나 피습을 당했습니다. 경찰관들에게서도요…."
"알았으니까 빨리 집어넣으세요!" 젊은 철도 경찰이 외쳤다.
메카리는 겨눴던 총구는 내렸지만 권총 자체를 집어넣지는 않았다.
철도 경찰들은 메카리를 미친 사람처럼 여기는 것 같았다.

후쿠야마역에 도착한 것은 오후 12시 50분경이었다.

문이 열리자, 모든 승객이 내려야 한다는 긴급 안내 방송에 따라 승객들이 일제히 움직이기 시작했다.

안내방송은 오후 1시 5분에 후쿠야마역을 출발하는 '노조미 54호' 열차로 갈아타라는 내용이었다.

도쿄에 도착 예정시각은 오후 4시 46분. 당초 '노조미 86호'를 타고 갔을 때 도착할 수 있는 시간보다 20분 정도 늦어질 뿐이어서 승객들의 불편은 크지 않은 듯했다.

철도 경찰 2명은 역에 도착하자마자 이송팀을 두 번 다시 쳐다도 보지 않고 내려버렸다.

승강장에는 미리 와 있는 과학수사팀을 포함해 20여 명의 경찰관이 보였다.

철도 경찰 2명이 그들에게 상황을 설명하고 있다.

메카리 팀에 대해 뭐라고 말하고 있을지 상상할 수 있었다.

메카리 팀도 사건이 터진 '노조미 86호' 열차에서 빨리 내려야 하는데, 일단 일반 승객들의 움직임이 잠잠해질 때까지 기다리기로 했다.

그때 사복 경찰 1명이 승강장에서 메카리 팀이 있는 쪽으로 다가왔다.

철도 경찰한테서 무슨 이야기를 들었는지 열차에 타지 않고 그냥 문 밖에서 말을 걸어왔다.

하지만 말투는 고압적이었다.

"히로시마 경찰서 수사1과에서 나왔습니다. 여러분 모두 일단 서까지 동행해 주셔야겠습니다."

40대 후반으로 보이는 남자가 말했다.

그러자, 오쿠무라가 나서서 말했다.

"저희는 지금 용의자 키요마루를 이송중입니다. 그 요청에는 응할 수 없습니다."

"뭔 소리야? 당신들은 지금 수사 대상이란 말이야."

황당하다는 표정으로 남자가 말했다.

"불만이 있으면 본청에 보고해 주세요. 정식 문서로 말이죠."

오쿠무라가 차갑게 쏘아붙였다.

"본청 같은 소리 하고 있네. 당신들 지금 우리 히로시마 경찰을 우습게 보는 거야, 뭐야!"

남자는 이빨을 드러내며 분노하고 있었다.

"저희를 방해하는 자들은 키요마루를 살해할 의도

가 있다고 간주하여 대처하겠습니다."

메카리가 허리춤에 차고 있는 권총에 손을 대며 말했다.

"그러셔! 그럼 멋대로 해! 나중에 어떻게 되도 우린 책임 못 져!"

남자는 내뱉듯이 말하고 동료들에게 돌아갔다.

다행히 히로시마 경찰이 메카리 일행의 신병을 확보하지 않게 되었다.

하지만 메카리는 이제부터 어떻게 해야 할지 판단이 잘 서지 않았다.

"메카리, 우리도 '노조미 54호'에 타야 하지 않나?"

오쿠무라가 물었다.

"그러고 싶지만 그렇게 옮겨탔다는 정보도 샐지 모릅니다."

"그러게요. 다음엔 정말 누가 죽을지도 모르겠군요."

세키야가 억지로 농담을 하듯 말했다. 하지만 농담이 아니라 실제로도 그럴 수 있다는 사실에 모골이 송연했다.

"그냥 이송을 중지해야 하는 것 아닌가요? 상황이 너무 안 좋습니다."

시라이와가 오랜만에 입을 열었다.

"무섭냐?"

오쿠무라의 말투는 시라이와를 도발하는 듯했다.

"아니, 정말 바보 같잖아요. 칸바시 씨 말대로요. 왜 우리들이 키요마루를 위해 목숨을 걸어야 하는 거예요?"

"그건 맞는 말이야. 그러니 갈 사람은 가. 안 말려."

오쿠무라가 인상을 쓰며 말했다.

시라이와는 반발을 하려다가 참는 듯하더니, 핸드폰을 꺼내 만지작거렸다.

한편, 메카리는 이송을 중지할 생각이 전혀 없었다. 솔직히 키요마루 따윈 어떻게 되든 상관없었지만, 임무를 끝낸 것도 아니고 안 끝낸 것도 아닌 이렇게 어정쩡한 타이밍에 이송을 중단할 수는 없었다.

"우리들 모두가 어디에도 연락을 하지 않으면 정보가 샐 리가 없는 거잖아요?"

세키야도 이송을 이 시점에서 포기할 생각은 없는 모양이었다.

"지금 히로시마 경찰들을 계속 승강장에 세워둘 수는 없으니까 빨리 결론을 짓자고."

오쿠무라가 메카리에게 결단을 요구했다.

후쿠야마역도 미하라역과 마찬가지로 신칸센용 철로는 상행, 하행 하나씩밖에 없어 계속 열차를 세워둘 수도 없는 노릇이었다.

하지만 히로시마 경찰의 대기 시간이 늘어나는 것보다 더 큰 문제는 메카리 팀이 같은 장소에 오래 머물고 있다는 점이었다. 메카리는 그것에 위기감을 느꼈다.

"선배님…."

시라이와가 분노인지 두려움인지 알 수 없는 표정으로 핸드폰을 내밀었다.

오쿠무라와 세키야도 시라이와 가까이로 와서 핸드폰 화면을 들여다보았다.

화면 위의 붉은 점은 이미 후쿠야마역에 정지해 있었다.

자신들의 동선이 읽힐 각오는 했었다. 하지만 직접 확인하니 역시 동요하지 않을 수 없었다.

어디선가 정보가 새고 있는 것이 분명했다.

이송팀원들 중 누구도 '노조미 86호'가 제시간에 출발하지 못한 채 후쿠야마역에 머물고 있다는 사실을 다른 곳에 보고한 적이 없었다.

따로 떨어져 행동한 사람도 없었다.

'히로시마 경찰 짓인가.'

하지만 지금은 그런 생각을 할 여유가 없었다.

키요마루가 후쿠야마역에 있다는 사실이 알려지고 있는 이상 한시라도 빨리 이곳을 떠나야 했다.

"우리들도 '노조미 54호'로 갈아타시죠!"

메카리는 승무원실 문을 열었다.

시라이와에게 끌려나온 키요마루는 바닥에 흥건한 핏자국을 보고 발을 멈추었다. 얼굴에서 핏기가 가시는 듯했다.

그리고 이송팀을 둘러보며 말했다.

"나한테 화내던 그 형사는 죽었나?"

키요마루가 억지로 여유 있는 척하는 것이 엿보였다.

하지만 팀원 누구도 대답하지 않았다.

메카리가 앞장을 선 다음, 이송팀원 4명이 키요마루를 둘러싼 채 '노조미 86호'를 내렸다.

히로시마 경찰들 모두가 이송팀원들을 째려보는 듯했지만, 다가오는 사람들은 없었다.

'노조미 54호'는 예정시각보다 10분 정도 늦게 후쿠야마역을 출발했다.

이번에도 키요마루를 승무원실에 넣고 메카리가 그 문 앞에 섰다.

세키야가 앞쪽 차량으로 이어지는 좌석 쪽에, 오쿠무라가 뒤쪽 차량과 이어지는 좌석 쪽에 섰다.

시라이와는 통로에 서서 핸드폰 화면을 계속 보고 있다.

메카리는 권총을 다시 뽑았다. 그리고 4발이 줄어든 탄창을 예비탄창과 교환한 다음 다시 권총을 허리춤에 찼다.

그때 시라이와가 메카리에게 핸드폰을 보여주었다. 화면의 붉은 점이 천천히 후쿠야마역에서 멀어지고 있었다. 역시나 이송팀의 움직임은 니나가와 회장 측에게 알려지고 있었다.

물론 환승 과정을 히로시마 경찰이 목격하기는 했다. 하지만 히로시마 경찰이 본부에 그 사실을 보고하고, 거기서 다시 니나가와 회장 측에 그 정보가 유출되었다고 보기에는 붉은 점의 반응이 너무나 빠르고 정확했다.

그렇다면 니나가와 회장 측과 연결된 것은 히로시마 경찰이 아니다.

갑자기 오쿠무라가 입을 열었다.

“어쩌면 우리를 공안 부서에서 미행하고 있을지도 몰라.”

메카리는 자신도 모르게 “앗!” 하고 소리를 냈다.

허를 찔려 등골이 서늘해졌다.

4

공안 부서.

메카리는 TV를 보다가 뿌옇던 화면이 갑자기 초점이 맞추어진 느낌이었다.

생각해 보면, 본청 사람들이 경호과에만 모든 것을 의존하고 있을 리는 없었다. 상당한 규모의 공안팀이 이미 정보를 수집하고 있을 것이었다.

메카리는 그동안 그 생각을 전혀 하지 못했다.

공안(公安) 경찰이란, '공공의 안전에 관련된 범죄'에 관한 정보를 수집, 수사하는 경찰이다. 그들은 공적 안녕을 위해 감시, 미행, 도청, 세뇌 등 모든 방법을 사용하여 정보를 수집하는 프로 경찰이다. 그래서 경찰 내 조직이면서도 비밀리에 움직이는 경우가 많다. 그 막대한 인원이나 활동비 내역에 대해서도 명확히 밝혀진 바가 없었다.

정말로 이송팀을 공안 경찰이 미행하고 있다면 그들로부터 도망치는 것은 애초에 불가능하지 않을까.

이번 사건에 공안 경찰이 붙은 것이 맞다면, 정차역

마다 새로운 인원을 투입할 만큼 대규모 조직이 동원되고 있다고 봐도 무방할 것 같았다. 다시 말하면, 이 송팀은 지금 상당수의 공안 경찰로부터 감시를 받고 있을지도 모른다. 그리고 그 정보가 니나가와 회장 측에 새어나가고 있는 것이 아닐까.

상황이 이러하다면, 키요마루를 안전하게 이송하려면 키요마루 홈페이지를 없애든지 아니면 니나가와를 체포하는 수밖에 없을 것 같았다.

하지만 그것은 당장 해결 가능한 문제가 아니었다.

그때 메카리의 핸드폰이 진동했다.

꺼내보니, 본청 경호과에서 걸어온 전화였다.

“나는 이시바시 총경이다…. 히로시마 경찰서에서 연락을 받았네. 경찰 한 명이 총에 맞았다는데 누구인가?”

“수사1과의 칸바시입니다. 생명에는 지장이 없습니다. 이미 미하라역에서 병원으로 이송되었습니다.”

“그렇군. …그런데 자네들은 어디에 있나?”

“키요마루 홈페이지에 나와 있는 그대로입니다.”

수화기 너머로 작은 한숨 소리가 들렸다.

이시바시는 잠시 뜸을 들인 다음 약간 부드러운 말

투로 물었다.

"괜찮나?"

"…."

메카리는 뭐라고 대답해야 할지 몰랐다.

"괜찮습니다."라고 안심을 시켜줘야 할까, 아니면 "괜찮을 리 없잖아요!"라고 화를 내야 하는 걸까.

"정보 유출에 관해서는 우리도 다각도로 대책을 검토하고 있네. 대응책이 나올 때까지만이라도 안전한 곳에서 대기할 수는 없나?"

메카리는 웃음이 나올 뻔했다.

"안전한 곳이 있다면 정말 알고 싶습니다."

이번엔 이시바시가 입을 다물었다.

"한 곳에 계속 머무르며 키요마루를 노리는 녀석들이 모이기를 기다리기보다는 계속 움직이는 편이 나을 것 같습니다."

"…."

"그보다 데스크탑 컴퓨터라면 몰라도 핸드폰 정도는 이 일대 사용자에게 인터넷 접속을 중단시킬 수 없을까요?"

"핸드폰 회사에 협조를 구하고는 있는데, 쉽지가 않

다고 해."

그럴 것 같았다. 니나가와 회장이 그런 빈틈을 그대로 두었을 리가 없었다. 아마도 핸드폰 회사 내부에도 돈을 뿌렸을 것이다.

"그렇다면 본청에 도착한 뒤의 일이라도 잘 채비해 주십시오. 저희가 목숨 걸고 키요마루를 이송해 갔는데, 본청 내에서 살해당한다면 정말 참기 힘들 것 같습니다."

메카리는 상사에게 자기 할 말만 하고 전화를 끊어버렸다. 현재 상황을 이해하지 못하는 사람과 대화를 해봐야 시간 낭비였다.

그러는 사이에도 다음 관문인 오카야마역이 다가오고 있었다.

오카야마역에 도착한 것은 '노조미 54호'로 갈아타고 나서 15분이 지났을 무렵이었다.

이제 오카야마역에서 내리려는 승객들이 승무원실 앞 통로에 줄을 서고 있다.

메카리는 히로시마역 근처에서 칸바시가 총에 맞은 것을 교훈 삼아 더 이상 이송팀 팀원을 잃어서는 안

된다. 히로시마역에서는 경찰이 총을 들고 서 있게 함으로써 승객들에게 위압감을 줘봤지만 결국은 소용없었다. 아무도 승무원실 근처로 다가오지는 못했지만 결과적으로 총격전이 벌어지고 말았다.

키요마루가 '노조미 54호' 열차를 타고 있다는 사실은 노출이 되었지만, 다행히 그 16개 차량 중 어느 차량에 타고 있는지는 표시되지 않고 있었다.

키요마루가 어느 열차에 타고 있는지 모르게 하는 것이 현명하지 않을까. 키요마루를 승무원실 안에 두는 한 적어도 총 이외의 무기로 공격당할 염려는 없을 것 같았다.

하지만 승무원실 근처로 많은 승객들을 지나치게 하는 것은 어쨌든 위험한 일이다. 승객을 빨리 통로에서 통과시키기 위해서는 이송팀원들이 통로를 가로막고 서 있을 수도 없는 노릇이었다.

메카리와 시라이와는 일단 권총을 뽑아 손에 쥐었다. 다만 웃옷 안쪽에 감춘 채 들고 있었다.

메카리는 시라이와에게 총을 든 녀석이 보이면 곧바로 머리를 쏘라고 일러두었다. 범죄를 저지르려는 자는 체내에서 아드레날린이 분비되고 있다. 아드레날린이 대량으로 분비되면 인간은 일시적으로 무통증 상태가 된다. 마약이나 알코올로도 비슷한 현상이 발생한다. 게다가 아드레날린은 공격성을 촉진하는 작용도 있다. 머리 아닌 부분에 총을 맞으면, 총을 맞고도 멀쩡히 총을 난사하는 사례가 해외에서도 보고되고 있다. 보고에 따르면, 인간은 심장에 총을 맞고도 약 90초 정도는 그대로 행동할 수 있다고 한다. 결국 상대의 총격을 막기 위해서는 중추신경계를 파괴할 수밖에 없다.

드디어 승강구 문이 열렸다.

내리기 위해 통로에서 줄지어 대기 중이던 승객들이 차례차례 내린다. 이어서 새로운 승객들이 타기 시작했다.

메카리는 눈도 깜빡이지 않고 승객들의 움직임을 주시했다.

평범해 보이는 승객들이 있는가 하면, 그렇지 않은 승객들도 있었다. 묘하게 초조해 보이거나, 노골적으로 메카리 팀원들을 보면서 신경을 쓰이게 하는 자들이 었다.

30대 부부가 갓난아이를 안은 채 큰 짐을 들고 탔다.

그런데 남편이 갑자기 짐을 통로에 내리더니 그 자리에 주저앉았다. 갓난아이를 안은 아내는 메카리의 눈앞에 섰다.

그때 남편이 가방 겉 주머니에서 무언가를 꺼내려고 했다.

그 사이를 다른 승객들은 지나쳐갔다.

메카리가 그 남자에게 말을 걸었다.

"빠르게 이동해주세요."

남편은 메카리를 살짝 쳐다보더니, 짜증내는 듯한 표정을 지었다. 그러면서 가방을 뒤지는 동작을 멈추지 않았다.

메카리는 권총을 남편의 얼굴에 내밀었다.

"다시 한번 말씀드립니다. 빠르게 이동해주세요."

남편은 마른 침을 꿀꺽 삼켰다.

아내는 놀라서 갓난아이를 안은 채 뒤로 넘어질 뻔했다.

시라이와는 아내와 갓난아이를 보면서 메카리에게 꼭 그렇게까지 해야 하느냐는 듯한 표정을 지었다.

그 부부는 그제서야 짐을 통로에 질질 끌면서 좌석 쪽으로 이동하는 듯했다.

그 순간 아내 뒤에 있던 건장한 젊은 남자가 갑자기 웃옷 아래에서 날이 긴 회칼을 꺼내더니, 칼날을 메카리의 코앞에 내밀었다.

"키요마루는 어딨어?"

남자가 떨리는 목소리로 말했다.

이렇게 또 바보가 나타났다. 권총을 든 상대에게 칼을 내밀어서 뭘 어쩌겠다는 것인가.

남자는 머릿속이 패닉에 빠진 것이 틀림없었다.

시라이와가 옆에서 나타나 남자의 관자놀이에 권총을 들이밀었다.

"내려!"

남자는 자신의 눈앞에 있는 직경 9밀리의 깊은 구멍을 멍하니 보았다.

시라이와가 다시 한번 말했다.

"내려! 그렇지 않으면 사살한다."

시라이와의 단호한 말투에 회칼을 든 남자는 다행히 반대편으로 도망치기 시작했다.

이제 승무원실 주위에는 승객이 한 명도 없었다.

열차 문이 닫히고 드디어 열차가 출발했다.

이제 잘하면 이송팀의 추가 부상 없이 키요마루를

도쿄까지 데리고 갈 수 있을 것만 같았다. 열차 자체를 전복시키려는 자만 없다면.

그러나 열차 자체를 전복시키는 것까지는 걱정하지 않아도 될 것 같았다. 살인을 저지르더라도 한 명이 아니라 여러 명을 죽이면 사형이다. 사형 판결을 받으면 100억을 받아도 의미가 없을 것이다. 열차를 전복시키면 수백 명이 죽을 것이므로 그런 자는 나타나지 않으리라 보았다.

혹시 자기 자신을 희생하고 가족을 위해 돈을 남기고 싶은 인간이 있을까. 가능성만 따지자면 반정부단체나 종교 조직에 의한 테러가 그에 해당할 것이다. 하지만 그런 정도의 공격을 받는다면 메카리의 손을 떠난 문제이다. 그런 것이야말로 공안 경찰 쪽에서 해결해주어야 할 것이다. 메카리는 과도한 걱정은 삼가고 마음을 안정시키기로 했다.

"이대로만 가면 괜찮을 것 같은데요?"

시라이와가 오랜만에 미소를 지으며 메카리에게 말했다.

하지만 메카리는 고개를 저었다.

아직 안심할 상황은 아니라고 생각했다. 이송팀에 추

가로 부상자가 발생하지는 않고, 키요마루도 지킬 수 있다고 하더라도, 만약 누군가가 또 총으로 공격을 해온다면 이제는 지체 없이 먼저 총을 쏴야 한다. 그렇게 되면 상대는 중상을 입을 것이고, 또다시 열차를 멈춘 다음 다른 열차로 갈아타야 할 것이다. 그런 짓을 또 하고 싶지 않았다.

그때 뒤쪽 열차에서 이쪽 열차칸으로 넘어오는 발자국 소리가 들렸다.

시라이와가 긴장된 표정으로 뒤쪽 열차 쪽을 돌아보았다.

다행히 발자국 소리의 주인은 오쿠무라였다.

"지금 차장한테 연락을 받았어. 신고베역에서 큰일이 났다는군."

다음 정차 역인 신고베역 승강장에 수많은 사람들이 구름처럼 모여 있다고 했다. 승강장에 넘쳐난 사람들로 인해 이를 정리하던 철도 직원이 철로에 떨어졌다고 했다. 출동한 경찰들이 군중과 시비가 붙었고, 위협을 느낀 경찰이 하늘을 향해 공포탄까지 쏘는 일이 벌어졌다고 했다. 승강장은 이미 패닉에 빠진 것이 분명했다.

"그래서 이 열차는 신고베역에 멈추지 않고, 곧바로 신오사카역으로 가기로 했네."

그리고 신오사카역 경호를 위해 오사카경찰서 기동대가 출동했다고도 했다.

"그리고 차장은 상황이 이러하니 우리들도 키요마루를 데리고 신오사카역에서 내리라는군."

이대로는 신칸센의 안전한 운행이 불가능하다는 것이 그 이유라고 한다. 그렇다면 거기서부터는 어떻게 키요마루를 이송해야 하는 걸까.

"우리가 그렇게 하지 않으면 어떻게 할 거냐고 되물었더니, 우리가 내릴 때까지 이 열차는 운행하지 않을 것이라고 답하더군."

신칸센을 운영하는 본사에 항의를 해도 어쩔 수 없을 것이다. 열차 내 승객과 승강장에 대기 중인 승객의 안전을 우선할 수밖에 없는 입장도 이해해주어야 할 것이다.

메카리나 시라이와는 아무 말도 하지 못했다.

이제 얼마 후 신오사카역이라는 거대한 역에 키요마루를 내리게 해야만 했다. 그것도 수백 명의 기동대원이 기다리는 신오사카역에.

5

'역시 무리였던 걸까.'

메카리는 절망감에 빠졌다.

신칸센으로 이송하기로 결정한 것은 키요마루가 있는 장소가 외부에 알려지지 않는다는 것이 전제였다. 키요마루의 위치가 실시간으로 알려지는 이 상황에서 일반승객과 함께 열차를 타는 것은 끊임없이 잠재적인 습격자를 모으는 꼴이 된다.

하지만 다시 생각해 보아도 달리 방법이 없었다. 항공기나 선박을 이용할 수 있다고 해도 이용하고 싶지 않았다. 습격받았을 때 도망칠 곳이 없기 때문이다. 도망치는 것 자체가 죽음으로 직결된다.

그나마 다른 방법보다 낫다고 생각했던 신칸센에 의한 이송도 결국 마침표를 찍을 때가 다가온 것 같았다.

신오사카역에는 기동대가 대기 중이었다. 이제 기동대원들에게 공격당하면 막을 수 없었다. 기동대원은 강력하다. 전투경찰이어서 헬멧을 쓰고 장갑과 조끼를 입는다. 게다가 총을 가지고 있다.

메카리가 버스 안에서 총에 맞았을 때 기동대원은 고작 1명이었다. 수백 명의 기동대원과 마주하면 어떻게 될까.

또다시 키요마루를 지키기 위해 다른 사람이 죽어서는 안 된다. 어쩔 수 없이 누군가 죽어야 한다면 그것은 키요마루여야 한다.

하지만 키요마루의 죽음은 곧 니나가와 회장의 승리를 의미한다. 그걸 허용할 수도 없는 노릇이었다.

돈이면 뭐든지 할 수 있다는 회장의 천민자본주의식 생각은 틀렸다. 메카리는 그 사실을 니나가와에게 입증하고 싶었다.

그렇다면 신오사카역에 도착하기 전에 열차를 긴급 정지시키고 메카리 팀원과 키요마루만 열차에서 먼저 내려야 할까.

수많은 기동대원들과 맞닥뜨리는 것을 피하려면 그 방법밖에 없는 것 같았다.

하지만 '노조미 54호'의 차장이 그에 응하지 않을 것이다. 기동대가 있는 곳에 내리기 싫으니 세우라고 해도 이해하지 못할 것이다.

그렇다고 총을 들이대고 차장을 협박할 수도 없다. 그런 짓을 하면 메카리가 강요죄나 협박죄를 지은 것이 되어 이송 업무에서 배제되거나, 훗날 처벌될 가능성이 크다.

아무리 생각해도 활로가 없었다.

'이제 운에 맡길 수밖에 없는 건가.'

메카리는 이제 어쩔 수 없다고 마음을 다잡았다.

이송팀 다른 팀원에게도 신오사카역에서 마주할지도 모를 위험성에 대해 설명해 주었다.

다들 긴장된 표정이 역력했다.

하지만 다른 방법이 없었다.

실제로 공격해올 때 어떻게 행동할지는 각자의 자유였다. 도망치는 것이 정답일지도 모른다. 자신의 목숨을 버리면서까지 키요마루를 지키고 싶은 사람은 여기에 없을 것이다.

신오카사역이 가까워지고 있다.

'노조미 54호' 열차가 철로에 들어서기 시작했다.

그런데 메카리는 눈을 의심하지 않을 수 없었다.

승강장에는 아무도 없었다.

그때 메카리 앞에 차장이 나타났다. 키요마루와 이송팀이 신오사카역에서 내릴 것인지 확인하러 온 것이었다.

곧, 열차가 정지하고 열차 문이 열렸다. 승객들이 차례차례 승강장으로 내렸다.

“기동대는?”

메카리가 차장에게 물었다.

차장의 설명에 의하면, 기동대가 도착했을 때 이미 승강장에는 사람들로 넘쳐났지만, 역사 관리자와 경찰의 협조 하에 승강장에 있던 사람들 전부 승강장 바깥 역사 내로 이동시키고 그곳을 봉쇄하고 있는 상황이라고 했다.

이로써 메카리 팀과 키요마루가 열차에서 내렸을 때 갑자기 위기에 직면하는 상황은 의외로 쉽게 피했다.

하지만 안심하기엔 일렀다. 승강장에 내릴 수는 있어도 그 다음이 문제였다.

역에서 빠져나오거나 다른 승강장으로 이동하려면 결국 모여있는 기동대원들을 뚫고 지나가야 했다.

게다가 함께 타고 온 승객들이 열차를 내려 승강장

에서 어느 정도 빠진 후에 키요마루를 데리고 열차에서 내려야 할지도 고민이었다.

이것저것 생각할 여유가 없었다.

메카리는 승무원실을 시라이와에게 맡기고 승강장에 내렸다. 어떻게든 탈출 루트를 찾아야 했다. 철도공사 내부 직원이나 운송업자 전용 통로가 있을 터였다.

메카리는 계단이나 에스컬레이터로 향하는 사람들 사이를 뚫고 걸어나갔다.

그때, 25번 철로에서 승강장으로 단숨에 뛰어 올라가는 남자가 보였다.

승강장에 선 남자는 분명 손에 권총을 들고 있다.

그리고 주위를 살피며 '노조미 54호'로 접근하고 있다.

메카리는 권총을 뽑았다. 오른손 엄지손가락으로는 격철을 세웠다. 정확한 사격을 위해서는 미리 격철을 세워둘 필요가 있다.

승강장에 있는 일반인이 총에 맞는 사고를 피하려면 딱 한 발로 상대를 쓰러트려야 한다.

"멈춰! 경찰이다!"

메카리의 말에 남자는 재빨리 승강장 철제 기둥 뒤

로 몸을 숨겼다. 그러더니 총구를 메카리에게 겨눴다.

남자와의 거리는 약 8미터.

메카리는 남자를 향해 방아쇠를 당겼다.

순간 남자의 몸이 흔들리며 엉덩방아를 찧듯이 쓰러졌다.

계속해서 저항한다면 남자의 머리를 향해 한 번 더 쏠 수밖에 없다.

다행히 남자는 전의를 상실한 모양인지 권총을 버리고 양손을 올렸다.

주위를 살펴보니 다른 습격자는 없는 것 같았고, 주위 사람들은 놀라서 메카리를 쳐다보고 있다.

그때 시야에 또다시 철로에서 승강장으로 뛰어오르는 남자가 보였다.

이번 남자는 오른손에 칼을 쥐고 있었다.

또 바보가 나타났다.

사람이 총에 맞은 것을 봤을 텐데, 칼을 들고 나타나다니.

"경찰이다! 움직이지 마!"

하지만 남자는 그 말을 무시한 채 메카리를 향해 뛰어오기 시작했다.

"멈춰! 쏜다!"

그렇게 소리는 질렀지만, 경찰 업무 지침상 상대가 총을 소지하고 있지 않을 경우에는 경찰도 쏠 수는 없었다.

메카리는 공포탄을 하늘을 향해 쏘았다.

남자는 총성에 놀라 제자리에 서버린 모녀를 향해 다가갔다.

주위 사람들이 놀라서 땅으로 몸을 숙인다.

하지만 남자는 겁먹지 않고 5살로 보이는 소녀를 번쩍 안았다. 그리고 소녀의 목에 칼을 들이댔다.

"키요마루는 어딨어!? 키요마루를 데려와!"

소녀의 어머니는 겁에 질려 자리에 주저앉았다. 소녀의 오빠로 예상되는 남자아이를 안고 있다.

메카리는 권총을 남자에게 향하며 조심스레 다가갔다.

남자는 소녀의 목에 칼을 들이댄 채 메카리를 쳐다보았다.

"다가오지 마! 이 애를 죽여버릴 거다!"

어머니가 비명을 질렀다. 소녀도 큰 소리로 울었다.

칼을 쥔 남자의 손이 떨리고 있었다. 흥분 탓인지

공포 탓인지 알 수 없다.

범죄를 저질러 본 적은 없는 초보 티가 났다. 50대 후반으로 보이는 약간 뚱뚱한 남자였다.

"빨리 키요마루를 데려와! 지금 난 장난치는 게 아니라고!"

남자는 작업복 같은 옷에 얇은 잠바를 입고 있었다. 언뜻 보기에 공장이나 철물점 같은 곳에서 일하는 사람처럼 보였다. 이마는 넓고 머리숱도 거의 없었다. 건장하지도 난폭해 보이지도 않았다. 그저 궁지에 몰린 소시민의 얼굴이었다.

"이 애가 어떻게 돼도 상관없어!? 난 지금 장난치는 게 아니라고, 진짜 찌를 거야!"

눈이 충혈되어 있다. 알코올 기운 덕에 기세가 등등한 것인지도 모른다.

그때 메카리의 바로 뒤에 세키야가 나타났다.

승무원실 위치에서는 이쪽 상황을 알 수 없었을 텐데, 총성을 듣고 상황을 보러 온 것인가.

"칼을 버려!"

세키야가 인질범에게 말했다.

"놔둬! 신경 쓰지 마! 저런 놈까지 우리가 신경 쓸

순 없어!"

메카리가 세키야의 어깨를 잡았다.

"그렇지 않습니다! 저 아이를 그냥 둘 순 없습니다!"

"그건 우리들의 업무가 아니야."

세키야의 표정이 싸늘하게 변했다.

"그렇다면 기동대를 여기로 불러주세요!"

지금까지 메카리가 본 적이 없는 날카로운 눈매였다.

6

메카리는 세키야와 실랑이할 시간이 없었다. 우선 자기만이라도 먼저 뛰어서 승무원실로 돌아왔다.

"여자아이가 인질로 잡혔습니다. 범인의 요구는 키요마루입니다."

오쿠무라와 시라이와가 마른침을 삼켰다.

옆에 와 있던 차장이 비명을 질렀다.

메카리는 오쿠무라에게 말했다.

"이대로 있다가는 기동대가 여자아이가 있는 쪽으로 출동하게 됩니다. 어떻게든 기동대를 막아주세요."

"좋아, 기동대가 출동하지 않는 것이 인질범의 요구사항이라고 둘러대 볼까…?"

오쿠무라가 열차 문을 열고 뛰어 내렸다.

생각해보니, 오쿠무라의 말대로 여자아이를 잡고 있는 인질범이 눈앞에 경찰이 나타나면 아이를 죽이겠다고 했다고 말하면 역사 내에 대기 중인 기동대도 움직일 수 없을 것이다. 하지만 그런 핑계로 언제까지 버틸 수 있을지는 알 수 없었다.

"이제 모두 열차에서 내려주세요. 지금 당장요. 곧, 열차를 출발시킬 겁니다!"

패닉에 빠진 차장이 메카리에게 말했다.

"이런 상황에서 우리 모두를 내버리겠다는 거야!?"

시라이와가 차장을 쏘아보며 말했다.

"만약 인질범이 키요마루를 찾아서 열차 안으로 오면 어떻게 할 겁니까!? 신칸센을 탈취하면요?"

차장의 말도 일리가 있다.

메카리는 승무원실 문을 열고 키요마루더러 나오라고 했다.

키요마루는 상황을 파악하지 못한 채 멍한 표정을 하고 있었다.

메카리와 시라이와는 권총을 손에 든 채 주위를 경계하면서 키요마루를 승강장으로 내려가게 했다.

곧바로 열차 문이 닫혔다.

메카리와 시라이와가 키요마루를 앞세우고 자신들은 그 뒤에 섰다.

'노조미 54호'가 천천히 이동하기 시작했다.

지금 메카리는 어디로도 이동할 수가 없었다. 적어도 세키야나 오쿠무라가 돌아올 때까지 시라이와를 혼자 남겨두는 것은 위험했다.

'세키야는 계속 인질을 설득하고 있을까.'

설득이 통한다고 해도 시간이 얼마나 걸릴지 알 수 없다. 메카리는 그렇게 느긋하게 시간을 허비하고 있을 수 없다.

그때 오쿠무라가 달려왔다.

"일단 기동대는 막았다. 하지만 곧 사복 경찰들이 올 거야. 그건 우리가 감수해야 해."

당연했다. 메카리 입장에서는 한시라도 빨리 믿을 수 있는 몇몇 경찰들에게 인질범을 맡기고, 이곳 승강장에서 벗어나고 싶었다.

그때 세키야도 돌아왔다. 표정이 좋지 않았다.

"키요마루의 모습을 범인에게 보여줄 수밖에 없을 것 같습니다."

세키야가 무슨 소리를 하는지 이해할 수 없었다.

"열차가 떠나는 것을 보고 범인이 완전히 맛이 간 것 같아요. 키요마루가 떠난 것이 아닌가 하고 자포자기 상태가 되어 매우 위험한 상태입니다. 녀석의 흥분을 가라앉히기 위해서는 키요마루가 여기 있다는 것을 알려야 합니다."

"그건 안 돼! 키요마루를 위험에 빠뜨릴 수 있어."

메카리가 단호하게 말했다.

"인질범은 칼밖에 갖고 있지 않아요. 놈에게 키요마루를 보여준다고 해도 큰 위험이 되지 않을 겁니다."

"하지만 그렇게 되면 인질 사건을 해결할 때까지는 여기에 발이 묶이게 돼."

"인질범은 키요마루를 만나지 못하면 여자아이를 죽인다고 했다고요!"

"우리 임무는 키요마루의 경호와 이송이야."

"메카리, 키요마루를 인질범에게 데려가지!"

오쿠무라가 끼어들었다.

"자네들 SP는 항상 VIP만 상대하면 되니까 그런지 몰라도 우리 형사들은 눈앞에서 범죄가 일어나는 것을 그냥 내버려둘 수 없다네."

"지금 반장님께 주어진 임무는 그게 아닐 텐데요."

메카리가 오쿠무라에게 대들었다.

"그 아이를 죽게 내버려둘 바에는 차라리 경찰을 때려치고 말겠어요!" 세키야가 외쳤다.

메카리가 주춤하는 사이, 키요마루가 오쿠무라와 세키야에게 붙잡혀 인질범이 있는 쪽으로 끌려간다.

"주어진 임무를 우선해야 한다고 말씀드렸을 텐데요!"

메카리는 끝까지 물러서지 않았다.

오쿠무라가 뒤를 돌아보며 말했다.

"자넨 키요마루의 목숨이 그렇게 중한가?"

'키요마루의 목숨이 그렇게 중한가.'

메카리는 초조함에 사로잡혔다.

키요마루가 고개를 돌려 메카리를 쳐다보았다. 무언의 압력일까. 하지만 저항하지 않고 순순히 끌려갔다.

메카리는 어쩔 수 없이 그 뒤를 따랐다.

이제 승강장에 남아 있는 승객은 손에 꼽을 정도였다. 모두 역 내로 들어간 다음, 멀리서 인질 사건이 어떻게 끝나는지 추이를 지켜보려는 것 같았다.

저 멀리 구급대원의 모습도 보였다. 아까 메카리의 총에 맞은 남자가 실려 나가고 있었다.

계단에는 몇 명의 제복 경찰이 몸을 숨긴 채 인질범의 모습을 살피고 있었다.

인질범은 여전히 여자애의 목에 칼을 들이댄 채 아이를 승강장 내 엘리베이터 근처로 끌고 갔다.

인질범 근처에는 아이의 엄마가 주저앉아 울고 있었

다. 그리고 10살 정도로 보이는 남자애가 엄마의 양손을 쥔 채 입을 굳게 다물고 있었다.

세키야와 오쿠무라가 발길을 멈추었다. 그 뒤에 있던 키요마루와 시라이와, 메카리도 뒤따라 섰다.

이제 인질범과의 거리는 고작 6, 7미터였다.

메카리 팀 넷이서 키요마루를 둘러싸고 있었다.

세키야가 말한 대로 인질범은 키요마루의 모습을 보고 조금 흥분을 가라앉힌 듯했다. 안도의 표정을 짓고 있었다.

그에 반해 여자아이는 창백했고 호흡이 가빠 보였다. 이미 의식이 희미한 것 같았다. 과도의 스트레스가 과호흡 증후군을 불러일으킨 듯하다.

메카리는 아이의 모습을 보고 가슴이 아팠다. 뉴스에서 보았던 니시노 메구미와 니나가와 치카가 떠올랐다. 키요마루에게 살해당한 두 소녀들이다.

인질이 된 여자아이를 보고 키요마루가 말했다.

"뭐야, 못생긴 꼬맹이잖아…."

그 순간, 세키야가 몸을 뒤로 돌려 키요마루의 얼굴을 힘껏 때렸다. 정말로 엄청난 일격이었다.

휘청하고 넘어지려던 키요마루를 시라이와가 뒤에

서 붙잡았다. 시라이와의 부축을 받자, 키요마루는 엷은 미소를 보였다. 입 안이 피로 새빨갛다. 키요마루는 바닥에 피가 섞인 침을 뱉었다.

'이런 따위 녀석 그냥 죽여버릴까.'

흔들리지 않던 메카리조차 진심으로 그런 생각이 들었다.

"키요마루를 가까이로 데려와!" 인질범이 외쳤다.

"키요마루는 여기 있어. 일단 진정하고 이야기하자."

세키야가 가볍게 양손을 들고 한 걸음 다가갔다.

"시끄러, 인마! 빨리 데려오지 못해!"

메카리는 인질범 등 뒤에 있는 엘리베이터를 보았다. 문 옆에 숫자로 된 패널이 보였다. 일반 승객용 엘리베이터가 아니라, 암호를 입력해 사용하는 것 같았다. 아마도 업자들이 운반용으로 쓰는 듯했다. 그 엘리베이터를 이용하면 기동대와 마주치지 않고도 역을 빠져나갈 수 있을지도 모른다.

하지만 어디로 통하는 엘리베이터인지를 알 수 없었다. 탔더니 막상 막다른 길에 도달할 수도 있었다.

그리고 만약 장애인용 엘리베이터라면 신칸센 대합실로 나오게 될 것이다. 그러면 기동대들을 물러나게 한 군중들 사이로 들어가는 꼴이 된다.

확인하고 싶었지만 주위에 철도공사 직원이 없었다.

어차피 인질 사건이 해결될 때까지는 엘리베이터에 접근할 수도 없으니, 메카리는 엘리베이터를 이용하는 것은 일단 포기하기로 했다.

"세키야, 이제 어쩔 셈인가?" 오쿠무라가 물었다.

"끈기 있게 설득할 수밖에 없을 듯합니다만…."

"이제 키요마루를 인질범에게 보여줬으니, 우리는 여길 떠나야 하지 않겠나?"

"하지만 인질범은 키요마루가 사라지면 인질을 죽이겠다고 하잖습니까! 키요마루를 데리고 가려는 순간 여자아이를 찌르면 어쩔 셈입니까? 그래도 키요마루를 그대로 데리고 갈 셈입니까!" 세키야가 말했다.

"그러면 어쩌라는 거야? 범인이 요구한 대로 키요마루를 넘기자는 거야?"

세키야도 메카리도 감정이 격해졌다. 서로 그것이 좋지 않다는 것은 잘 알고 있다. 하지만 어쩔 수 없었다.

"인질범이 정말로 여자아이를 죽일 것이라고 생각하나?" 오쿠무라가 세키야에게 물었다.

"네, 그럴 가능성이 높습니다. 저 남자는 궁지에 몰

려있어요. 충분히 가능합니다."

"인질을 죽이면 목적을 달성할 수 없잖나?"

"여자아이를 찌르고 그 다음엔 남자아이를 인질로 잡겠죠. 그 다음엔 그 어머니를…."

메카리도 그럴 가능성은 있다고 생각했다. 그 소년이나 어머니가 소녀를 두고 도망치지는 않을 테니까.

물론 인질범은 흉악한 남자는 아닐 것이다. 평소에는 좋은 남편, 좋은 아버지였을 것이다. 하지만 세키야 말대로 궁지에 몰린 사람은 무슨 짓을 할지 알 수 없다.

"그럼 자네는 어떻게 하자는 건가?"

다시 한번 오쿠무라가 세키야에게 물었다.

"…."

막상 세키야도 아무런 대답을 하지 못했다. 그 표정은 고통으로 찡그려져 있었다.

그때 계단 쪽에서 수많은 사람들이 뛰어올라오는 소리가 들려왔다.

왼쪽 어깨에 완장을 찬 남자들이 나타났다. 오사카 경찰서의 수사관들이다.

"일단 녀석들과 이야기를 하고 오지."

오쿠무라가 계단 쪽으로 갔다.

"이봐! 빨리 키요마루를 내 앞으로 데려 와!"

인질범이 또 소리를 질렀다. 새로 나타난 오사카 경찰들의 모습이 남자를 더욱 자극한 듯했다.

세키야가 메카리를 보았다.

"인질이 된 여자아이와 키요마루의 목숨, 둘 중 어느 쪽이 더 중요하다고 생각하는 거죠?"

또 시작인가.

"둘 다야."

메카리는 이렇게 대답할 수밖에 없었다.

"그럼, 저 인질범의 목숨은요?"

"…."

메카리는 대답을 할 수 없었다.

시라이와도 키요마루도 말없이 세키야를 쳐다보았다.

그 순간, 갑자기 세키야가 허리춤에 차고 있던 권총을 꺼내들었다. 그리고 권총을 손에 든 채 인질범에게 다가갔다.

"뭐야, 넌! 키요마루는 왜 안 데리고 와?"

세키야는 인질범의 말을 무시하고 천천히 그에게 다가갔다.

"오지 마! 뭐 하는 거야, 인마! 애새끼가 죽어도 상관없다는 거냐?"

"다 틀렸어. 그만 포기해."

세키야가 나직하게 말했다. 그러면서 더욱 다가갔다.

"지, 진짜야! 진짜로 죽일 거야! 아무래도 상관없어, 이딴 애새끼!"

"그 애한테 작은 상처라도 입히면 즉시 널 사살하겠다!"

세키야는 남자의 얼굴을 향해 총을 겨눴다. 이제 둘 사이의 거리는 3미터도 채 되지 않았다.

"멋대로 행동하지 마!" 오사카 경찰들이 세키야에게 외쳤다.

남자의 얼굴에는 두려움이 묻어났다. 온몸에 땀을 흘리고 있었다. 하지만 그 눈에는 여전히 광기가 서려 있었다.

"난 당신을 죽이고 싶진 않아. 그러니 제발 그 아이를 놔줘…." 세키야가 애원하듯 말했다.

"난 더 이상 방법이 없어. 키요마루를 죽이는 것 외에 아무것도 할 수 있는 게 없다고!" 남자가 부들부들 떨며 말했다.

이 남자는 처음부터 본인이 죽을 작정을 하고 온 것

이다. 메카리는 그렇게 느꼈다.

세키야가 좀 더 인질범에게 다가갔다.

"칼을 버려…."

"저, 정말로 찌를 수 있다는 거 몰라? 정말로 이 애를 죽일 수…."

남자의 몸이 경련이 일어난 듯 떨렸다.

"당신도 가족이 있잖아. 가족을 생각해보라고."

세키야가 좀 더 다가갔다. 이제 총구는 남자의 머리에서 1미터 정도밖에 떨어지지 않았다.

그 순간, 남자가 크게 소리치며 칼을 휘둘렀다.

"칼을 버려어!"

"으아아아아아아아~~~~~~"

절규가 울려퍼졌다. 여자아이 엄마의 비명소리였다.

동시에 인질범의 왼쪽 눈 위에 검붉은 구멍이 뚫렸다. 후두부에는 붉은 안개가 퍼졌다. 인질범의 몸이 뻣뻣하게 굳은 채 뒤로 쓰러졌다.

세키야는 달려들어 땅에 떨어지려는 여자아이를 끌어안았다.

뒤로 쓰러진 인질범의 눈은 하늘을 바라본 채 움직이지 않았다.

주위 공기가 얼어붙었다. 승강장에는 적막감이 감돌았다. 여자아이의 거친 숨소리만 들려왔다.

세키야는 끌어안은 여자아이를 아이 엄마에게 넘겼다. 그녀는 세키야에게 무슨 말을 하려다가 입을 다무는 것 같았다. 그러고는 아이를 끌어안고는 그대로 울음을 터트렸다.

갑자기 남자아이도 큰 소리로 울기 시작했다. 이제까지 참고 있었는지 눈물이 계속 흘러나왔다. 두 주먹을 꼭 쥔 채 엄마와 동생을 보며 울기 시작했다.

세키야가 메카리가 서 있는 쪽으로 돌아왔다. 불안할 정도로 무표정했다. 그는 계속 숨을 참고 있던 사람처럼 거친 숨을 쉬었다.

"어서와, 살인자."

키요마루가 세키야에게 말을 걸었다.

그러자, 세키야가 키요마루에게 총을 겨누며 말했다.

"네 놈도 죽여줄까?"

메카리가 키요마루와 총구 사이에 끼어들며 막아섰다.

그러자 이번에는 세키야가 메카리의 두 눈을 노려보았다. 그리고 천천히 총을 내려놓았다.

그때 오쿠무라와 함께 오사카 경찰 한 명이 다가왔다.

"당신의 소속과 계급은?" 세키야에게 물었다.

"후쿠오카 경찰서 수사1과 세키야 켄지입니다. 무슨 불만 있습니까?"

"저 남자는 칼밖에 들고 있지 않았고, 아직 아무도 다친 사람은 없는 상태였네. 그런데 왜 총을 쏴서 그를 죽였나?"

"…."

"자네의 행위는 명백히 경찰관 직무집행법을 어긴 걸세. 우리들과 동행해 주게."

세키야는 크게 한숨을 쉬었다.

"어차피 그럴 생각이었습니다."

메카리는 할 말이 없었다.

오쿠무라도 시라이와도 멀어지는 세키야의 뒷모습을 말없이 바라보았다.

"인질도 구했죠. 키요마루도 지켰죠. 이거 외에 뭘 어떻게 더 하란 말입니까!"

울부짖는 듯한 세키야의 말소리가 승강장에 울려퍼졌다.

세키야의 말은 옳았다.

하지만 그는 그래서는 안 되었다.

911
POLICE

3명

1

현장 검증이 시작되었다.

주위에는 노란 테이프가 둘러졌다.

과학수사팀이 거침없이 움직이고 있다.

이미 인질범의 시체는 옮겨졌다.

거무튀튀한 피웅덩이가 방금 전까지 그곳에 인간이 누워있었음을 보여주고 있다.

메카리는 오사카 경찰에게 자신이 총을 가진 남자를 쐈을 때의 상황을 설명해줬다.

오쿠무라와 시라이와는 키요마루를 데리고 승강장 한쪽 끝으로 이동해 대기 중이었다.

역사 내에서 승강장으로 일반 승객들이 슬슬 밀려들고 있었다. 곧 승강장에 새로운 열차가 들어온다는 뜻이다.

메카리는 역사 쪽으로 가 신칸센 대합실을 살폈다. 무장을 한 기동대원들이 금속탐지기를 이용해서 승강장으로 향하는 손님 한 명 한 명의 소지품을 검사하고 있었다.

메카리는 승강장으로 돌아왔다.

전광판을 보니, 곧 도쿄행 '노조미 16호' 열차가 도착한다고 알리고 있었다.

도착하는 열차에 잘 맞춰 타면 기동대원들과 키요마루가 맞닥뜨리지 않고 신오사카역을 벗어날 수 있었다. 열차를 타고 난 이후에는 어떻게 될지 모르겠지만.

메카리, 오쿠무라, 시라이와 3명은 키요마루를 데리고 '노조미 16호' 열차의 가장 마지막 차량에 올라탔다.

메카리와 시라이와는 그 안에서도 최후미에 해당하는 운전실 근처 통로에 키요마루와 함께 서 있었다.

오쿠무라는 그 차량 객실에 앉아 승객들의 움직임을 관찰했다.

열차가 움직이기 시작하자, 곧바로 시라이와가 키요마루 홈페이지를 확인했다.

시라이와는 긴장된 표정으로 그것을 메카리에게 보여주었다.

역시 붉은 점이 신오사카역을 떠나고 있었다.

이제 메카리는 누가 정보를 색출하고 있는지 알아내는 것을 포기하고 현실을 받아들이기로 했다. SP가 요인을 경호할 때, 통상 요인의 이동경로는 미리 공표되어 지지자들이나 기자들이 따라붙는 경우가 많다. 키요마루 이송 작전도 그런 경우와 유사하다고 생각하기로 했다.

이제 곧 교토역에 도착할 예정이었다.

교토역에서 40분 정도만 더 가면 나고야역이다. 그 다음 정차역은 신요코하마역으로, 거기까지는 약 1시간 반 동안 멈추지 않고 계속 달린다. 신요코하마역에서 다시 출발하여 신칸센으로 약 15분 후면 도쿄역에 도착한다.

결국 교토역과 나고야역만 무사히 넘어가면 어떻게든 될 것 같았다.

교토역에 도착하자, 메카리는 열차에서 승강장으로 내려 주위를 살폈다.

많은 제복 경찰들이 대기하고 있다. 하지만 메카리 일행이 타고 있는 가장 마지막 차량 쪽으로 다가오는 경찰은 없었다.

지금까지 키요마루를 덮치려다가 총에 맞은 사람이 5명이나 되었다. 아마도 그 사실이 언론에 보도되는 바람에 이번 역은 안전해진 것일까.

메카리는 열차 안으로 다시 돌아왔다. 문이 닫히고, 이윽고 열차가 다시 출발했다.

교토역을 출발하고 몇 분 정도 지났을 때, 오쿠무라가 메카리가 있는 쪽에 나타났다. 조금 뒤에는 남자 두 명이 서 있었다.

"이 분들은 교토 경찰서 경호과 소속이라고 하는군. 이송팀을 도우라는 명령을 받았다고 하네."

"인원 충원은 필요 없습니다."

메카리는 그것이 누구든 간에 총기를 지닌 자를 가까이 둘 수 없었다.

"자네가 그렇게 말할 줄 알았어."

오쿠무라가 웃으며 말했다. 그리고는 뒤돌아서 두 남자에게 걸어갔다.

"앞으로도 계속 우리 3명이서 이송해야 하는 거군요…." 시라이와가 말했다.

"넌 인원 충원이 필요하다고 생각하니?"

"아닙니다…."

하지만 시라이와의 표정에서 피로감이 느껴졌다.

"지쳤니?"

"아닙니다…."

"지금은 나 혼자서도 충분해. 넌 자리에 가서 좀 쉬어."

"선배님!"

"왜?"

"사람한테 총을 쏘는 것은 어떤 느낌인가요?"

"나쁘지 않아."

"…."

"적어도 맞는 것보단 낫단 뜻이야."

시라이와가 키요마루를 쳐다보았다.

키요마루는 통로 바닥에 주저앉아 벽에 등을 기댄 채 눈을 감고 있었다. 자고 있는 듯했다.

"세키야 씨도 사실은 키요마루를 쏘고 싶었을 겁니다…."

메카리는 아무 대답도 하지 않았다.

세키야가 떠난 이송팀은 이제 3명이 되었다.

칸바시는 총을 맞아 중상을 입었다.

세키야는 사람을 죽였다.

하지만 어쩌면 그 두 사람은 나은 걸지도 모른다. 적어도 살아 돌아갔으니까.

앞으로는 무슨 일이 벌어질지 모르기 때문에, 남은 세 사람이 살아 돌아간다는 보장은 없었다.

나고야역에 도착하기 얼마 전에 다시 본청에서 메카리에게 전화가 왔다. 나고야역에서는 이미 신칸센 대합실에서 승강장으로 향하는 사람들의 소지품을 일일이 검사하고 있다고 했다.

그 덕인지 나고야역에 도착했지만, 별 탈 없이 다시 나고야역을 출발했다. 아무 탈 없이 교토와 나고야를 통과했다는 사실이 신기하게 느껴질 정도였다.

자연스럽게 메카리의 입가에 미소가 지어졌다.

옆을 보니 시라이와도 간만에 미소를 짓고 있었다.

얼마 후, 갑자기 열차가 긴급정차를 했다.

나고야역을 빠져 나온 후 30분 정도 더 지났을 때였다.

'무슨 일일까.'

오쿠무라가 있는 승객칸 쪽이 소란스러웠다.
메카리는 권총을 뽑아서 승객칸 문을 열었다.
오쿠무라가 달려왔다.
"이 열차 내에서 또 인질이 생겼어. 인질범이 키요마루를 데려오라고 난리치고 있어."
고등학생으로 보이는 소년 하나가 큰 칼을 열차 내 물품판매원에게 들이대고 있다고 한다.
그래서 열차가 긴급정차를 한 것 같았다.
"또예요!" 시라이와가 소리쳤다.
"오쿠무라 반장님, 어떻게 할까요? 이번엔 직접 사살할 겁니까?" 메카리가 조용히 물었다.
오쿠무라는 힘없이 고개를 저었다.
메카리는 또다시 인질범과 대치하는 상황을 피하기 위해 열차에서 긴급히 내리기로 했다.
열차 문 옆에 있는 비상용 핸들을 잡아 당겨 열차 문을 연 다음, 먼저 키요마루를 내리게 하고 메카리와 시라이와도 철로로 뛰어내렸다. 그 뒤를 오쿠무라가 따랐다.
셋은 키요마루를 데리고 철로를 걷기 시작했다.
차라리 잘된 것도 같았다. 공안 경찰의 감시는 벗어

났을 테니, 이제는 위치를 들키지 않고 이송할 수 있었다.

메카리는 상부에 보고할 생각도 들지 않았다.

'이제 우리는 경찰 조직에서 완전히 떨어져 나왔어.'

고작 3명뿐인 팀.

달리 의지할 것은 없었다.

2

철로 주변 숲은 나무가 울창하게 자라있다. 양 옆에서 뻗은 가지 탓에 사방이 온통 녹색으로 물들어 있는 것 같았다.

방금 전부터 하늘에서 헬기 소리가 들리지만, 이제는 발견될 것 같지 않았다.

메카리 일행은 숲속 길을 30분 가까이 걸었다. 산길 정도는 아니었고, 약간의 언덕길이었다.

열차를 내린 후로 사람이나 자동차를 마주친 적은 없었다.

핸드폰은 통화권 이탈로 키요마루 홈페이지에 자신들의 위치가 나타나고 있는지 확인할 수는 없었지만, 공안 경찰은 확실히 따돌린 것 같았다.

하지만 메카리는 여기가 어디인지 전혀 알 수 없었다.

열차를 내린 것이 나고야역을 빠져나온 후 30분 정도 지났을 때라고 가정하면, 아직 시즈오카현에도 들어서지 못했을 것이다. 아마도 아이치현 어딘가일 것이다.

그저 계속 걸을 수밖에 없다.

시간은 오후 5시가 넘었다. 조금이라도 빨리 차를 구할 수 있도록 숲길을 벗어나 자동차 도로로 나오고 싶었다.

해가 떨어지기 전에 다음 이동 수단을 구해야 했다.

"언제까지 걸을 셈이야!"

키요마루가 갑자기 길바닥에 주저앉았다.

"난 여기서 기다릴 테니까 너희들끼리 차를 구해와."

'이 새끼가 상전인 줄 아네.'

메카리가 키요마루를 한 대 치려고 몸을 돌렸다.

"정신 차려, 이 새끼야!"

하지만 시라이와가 먼저 키요마루를 발로 찼다.

키요마루는 또 맞기 전에 길바닥에서 일어나 다시 걷기 시작했다.

그때 자동차 소리가 들렸다.

뒤를 돌아보니, 낡은 트럭 한 대가 오고 있었다.

시라이와가 양손을 들어 차를 세웠다.

"당신들, 무슨 일 있어?"

운전석에 앉은 사람이 물어왔다. 70대로 보이는 노

인이었다.

오쿠무라가 다가가서 말했다.

"죄송합니다만, 택시를 잡을 수 있는 곳까지 저희들을 태워주실 수 있나요?"

"가능은 한데…, 조수석에는 한 명만 탈 수 있어서 나머지는 짐칸에 타야 되는데?"

짐칸에는 약간의 목재가 실려 있었다.

결국 오쿠무라가 조수석에, 나머지 세 명이 짐칸에 타고 출발했다.

바람 덕분에 땀을 흘린 몸에 시원함이 느껴졌다.

메카리는 트럭 짐칸이 흔들리는 느낌이 마치 초등학생 때 삼촌이 운전하는 트럭 짐칸을 탔을 때와 비슷하다고 생각했다.

오늘 처음으로 겪은 쾌적한 이동이었다.

15분 정도 국도를 달린 끝에 트럭이 정차했다.

메카리와 시라이와가 짐칸에서 내린 다음, 그 뒤를 키요마루도 따랐다.

오쿠무라는 조수석에서 내리면서 지갑에서 몇 장의 지폐를 꺼내 건넸다. 그리고 운전을 하던 노인에게 말했다.

"정말 감사합니다. 이거 별것 아닙니다만 감사의 뜻입니다."

"난 택시 운전기사가 아닐세…."

노인은 오쿠무라의 손을 다시 밀었다.

"내가 베푼 친절은 그냥 받으시게. 다음에 곤경에 빠진 사람을 발견하거든 자네들이 나처럼 친절을 베풀어 줘. 그게 나에 대한 보답이라고 생각하면 돼…."

노인은 주름진 미소를 남기고 저 멀리로 사라졌다.

메카리나 오쿠무라, 시라이와, 그리고 키요마루도 멀어져가는 트럭을 말없이 지켜보았다.

'저 노인도 여기 키요마루가 있다는 것을 알면 100억에 눈이 멀었을까.'

아니, 절대 아닐 것이다.

노인은 결코 풍족해보이지는 않지만 행복한 인생을 보내고 있을 것이다. 일상의 행복에 만족한다면 과한 돈 욕심에 휘둘릴 일도 없을 것이다.

이 세상에 만족을 모르는 인간이 너무 많은 걸까.

얼마 지나지 않아 트럭은 완전히 보이지 않았다.

10분 후, 메카리 일행은 택시를 잡을 수 있었다.

"가장 가까운 렌트카 업체로 가주세요."

조수석에 탄 오쿠무라가 운전수에게 말했다.

그때 라디오에서 뉴스가 흘러나왔다.

'노조미 16호' 열차 내에서 발생한 인질 사건을 전하고 있었다. 아직까지도 대치 상태가 이어지고 있다고 했다.

메카리도 그 뉴스를 듣자 괴로웠지만, 일단 자신이 맡은 임무에 충실하기로 했다.

뉴스는 이어서 키요마루 사건의 여파를 전하기 시작했다. 전국 각지에서 키요마루를 닮은 사람이 다치거나 죽는 사건까지 발생했다고 전했다.

메카리는 세상이 돈에 미친 것 같아 암울했다.

20분 정도 달린 후, 다시 택시를 내렸다.

렌트카 업체 옆을 보니, 패밀리 레스토랑이 있었다.

그러고 보니 아침식사 후 아무것도 먹지 않았다. 배를 채우는 것도 나쁘지 않을 것 같았다.

시라이와에게 랜트카 업체에 들어가 서류를 작성하게 한 다음, 메카리와 오쿠무라는 키요마루를 데리고 패밀리 레스토랑으로 향했다.

안쪽 자리에 앉아, 음식을 주문했다.

식당 벽에는 커다란 TV가 있었다. 음성은 들리지 않았지만, 화면은 저녁 뉴스가 나오고 있었다.

오늘 하루의 이송 과정을 되짚어보고 있다. 상공에서 고속도로를 달리는 이송 부대를 찍은 영상이었다. 바리케이드를 돌파한 트럭이 경찰 버스에 격돌하는 영상도 있었다. 또, 피투성이가 된 '노조미 86호' 내부도 비춰주었다.

"벌써 주문했나요?"

가게에 들어온 시라이와가 차 열쇠를 테이블에 내려놓고, 메카리 옆에 앉았다.

"그래, 네 것도 주문했어."

"에엣? 뭘 주문했는데요?"

그때 조금 떨어진 자리에 있는 젊은 남녀가 자리에서 일어나 주위를 둘러보는 모습이 보였다. 누군가를 찾는 듯했다.

메카리는 불길한 예감이 들어 재빨리 핸드폰을 꺼냈다. 그리고 키요마루 홈페이지에 접속했다.

핸드폰 화면에 지도가 떴다.

메카리는 그대로 얼어붙지 않을 수 없었다.

시라이와도 핸드폰 화면을 들여다보았다.

점멸하는 붉은 점은 국도 길가의 패밀리 레스토랑에 멈춰 있었다.

옆에는 렌트카 업체가 있었고, '아이치현 도요바시시'라는 표시도 있었다.

이송팀의 정확한 위치가 실시간으로 파악되고 있는 것이었다.

"어떻게 된 거지? 우리 위치가 파악된 건가?"

오쿠무라는 핸드폰 화면을 보지 않았지만, 메카리와 시라이와의 표정을 보고 짐작한 듯했다.

메카리는 재빨리 가게 안을 둘러보았다. 이미 몇몇 손님은 눈치챈 듯했다. 언제부턴가 창밖에서 가게 안을 살피는 사람들도 있었다.

메카리는 권총을 뽑아 테이블 밑에서 손에 쥐었다.

'어떻게 된 거지? 공안 경찰은 미행을 붙지 않았는데…'

트럭을 운전한 노인이나 택시 운전사는 메카리 일행이 패밀리 레스토랑에 들어가는 것을 보지 않았다.

그때 가게 안으로 계속해서 손님이 밀려들어왔다. 한시라도 빨리 이동해야 했다.

메카리는 시라이와의 귓가에 속삭였다.

"차를 주차장에서 출발시켜 가게 앞에 대 놔!"

시라이와는 말없이 식당 밖으로 달려나갔다.

그때 문득 어떤 생각이 들었다.

'시라이와가 설마? 시라이와가 렌트카 업체에서 서류를 작성하는 척하면서 어딘가에 연락을 취했다면…?'

아무리 생각해봐도 미행을 당한 것 같지는 않았다. 그렇다면 이송팀 내에 배신자가 있다는 뜻이다.

오쿠무라가 지갑에서 5만 원을 꺼내 테이블 위에 올려두었다.

키요마루의 얼굴이 무척 창백해진 것 같았다.

메카리와 오쿠무라는 키요마루를 양쪽에서 감싼 채 식당 출구로 향했다.

손님들의 시선이 키요마루에게 집중되었다. 메카리는 그 시선이 단순한 호기심으로 느껴지지 않아 더 공포스러웠다.

그때 히죽거리는 표정의 젊은이들이 식당 입구를 막아섰다.

메카리는 그들에게 권총을 겨눴다.

"쏠 수 있어?"

한 녀석이 말했다.

메카리는 총구를 식당 천장을 향해 한 발 쐈다.

엄청난 총성이 울려퍼졌다.

뒤에서 여성들의 비명소리가 들렸다.

그러자, 젊은 녀석들은 곧바로 메카리 눈앞에서 도망쳤다.

식당 입구 정면에 시라이와가 가져온 흰색 승용차가 있었다.

시라이와가 조수석과 뒷좌석 문을 열어 놓은 채 권총을 들고 기다리고 있었다.

조수석에 오쿠무라가, 뒷좌석에는 키요마루와 메카리가 탔다.

시라이와가 맹렬한 기세로 차를 출발시켰다.

하지만 어디로?

3

붉은 점이 1번 국도를 따라 시즈오카현 방향으로 이동하고 있다.

메카리는 인터넷 접속을 끊고 핸드폰을 주머니에 집어넣었다.

"이제 어디로 가죠?"

핸들을 잡은 시라이와가 메카리에게 물었다.

지금은 교통량이 많지 않았다. 그래서 그런지 메카리 일행을 쫓는 차량은 아직 없는 것 같았다.

하지만 이대로 달리다보면, 곧 많은 차량으로 둘러싸일 것이 뻔했다. 꼭 공격을 하려는 자들뿐만 아니라 구경꾼들도 대거 몰려들 것이다. 그들을 차량 추격전으로는 따돌릴 수 없을 것이다.

"어디 근처에 넓은 장소는 없나? 퇴로로 쓸 만한 진출입구가 많은 곳으로…."

하지만 구체적으로 어떤 장소가 그런 장소인지 떠오르지는 않았다.

시라이와와 오쿠무라는 내비게이션을 통해 주변 지

리를 살피고 있었다.

내비게이션!

메카리는 심장고동이 빨라졌다. 내비게이션을 보니, 마치 키요마루 홈페이지의 붉은 점과 똑같이 느껴졌기 때문이다. 차량 내비게이션은 GPS(위성추적장치)를 통해 위치를 특정하는 시스템이다.

그렇다면 키요마루의 위치가 끊임없이 정확히 파악되었던 것은 공안 경찰의 미행이나 누군가의 정보 유출 때문이 아니라, GPS를 통한 것이 아닐까.

만약 키요마루 주위에 GPS를 탑재한 핸드폰 단말기를 가진 사람이 있다면, 그것만으로도 키요마루의 정확한 위치를 니나가와 회장 측이 알 수 있게 된다.

키요마루는 이송 직전 몸수색을 했다. 그가 아무것도 소지하지 않았다는 사실은 확인되었다.

그리고 메카리 자신도.

갑자기 머리에서 피가 거꾸로 솟구치는 기분이었다.

처음부터 배신당했던 것이다.

시라이와 아니면 오쿠무라에게.

시라이와의 핸드폰은 최신 기종으로 보였었다. 거기에 혹시 GPS가 붙어 있는 걸까.

그렇지 않다고 하더라도 시라이와는 핸드폰을 하나 더 가지고 있을 가능성도 있다.

오쿠무라가 핸드폰을 사용하는 것을 본 적은 없지만, 주머니에 핸드폰이 들어 있을 것은 명백했다.

시라이와를 의심하고 싶지 않지만, 가능성은 부정할 수 없다.

오쿠무라도 절대 그런 짓을 할 인간은 아닌 것 같지만, 알 수 없다.

이 둘 중 누군가가 니나가와 회장 측과 연결되어 있는 것은 틀림없다.

순간 시라이와가 '사람을 죽이고 100억이 손에 들어와도 행복해질 리도 없고….'라고 했던 것이 떠올랐다. 그것조차 메카리의 의심을 원천봉쇄하기 위한 사전 포석이었을까.

한편, 오쿠무라가 공안 경찰의 미행 가능성을 언급한 것도 역시 메카리의 의심을 피하기 위한 장치였을까.

메카리의 머릿속은 이제 분노와 의심이 소용돌이쳐서 폭발할 지경이었다.

그때 오쿠무라가 말했다.

“저기는 어떤가?”

전방 왼편에 커다란 공사장이 있었다. 언뜻 보기에 거의 야구장 2개를 합친 정도로 커다란 넓이의 공사장이었다. 아마도 상당한 규모의 공공시설이 들어설 건설 예정지 같았다.

거기라면 접근해오는 차량을 멀리서도 식별할 수 있고, 탈출 루트도 많을 것 같았다.

메카리는 시라이와와 오쿠무라에게 거기에 차를 세운 뒤, 할 말이 있으니 잠시 차에서 내리자고 했다.

시라이와와 오쿠무라가 의아한 표정으로 차를 세운 뒤, 차에서 내려 메카리에게 다가왔다. 엔진도 끄지 않은 상태였다. 키요마루는 무슨 일인가 싶어서 뒷좌석에 앉아 메카리 일행을 보고 있다.

“여기서 꼭 확인해야 할 것이 있어.”

메카리가 냉정을 되찾고 말했다.

“왜 그러시죠? 뭘 확인하는데요?”

시라이와의 대답에서 짜증이 느껴졌다. 메카리의 분노와 의심이 전해진 모양이다.

“서로의 소지품 말이야.”

“서로 상대의 몸수색을 하자는 말인가?”

오쿠무라는 심드렁하게 말했다.

"그렇습니다."

"저도 의심한다는 건가요?"

시라이와의 눈동자가 흔들렸다.

"서로에게 싹틀지도 모를 의심의 싹을 자르자는 거야. 거리낄 것이 없다면 순순히 응하면 되잖아."

"제가 왜 의심받아야 하는 건데요?"

"너야말로 왜 그렇게 짜증을 내는 거야?"

"절 의심하니까요!"

"그럼 넌 왜 우리들 위치가 계속 알려지고 있다고 생각하지?"

"그건…."

"우리 세 명 중 누군가가 니나가와 측과 연결되어 있다고밖에 생각할 수 없잖아."

"그럼 그건 메카리 선배 아닌가요?"

시라이와가 큰 소리로 외쳤다.

"난 아니란 게 확실해! 배신자는 반장님하고 너 중 한 명이야!"

시라이와는 무너지기 시작했다.

메카리는 시라이와의 눈을 바라보면서 시라이와의

반응을 살폈다. 배신을 한 것 때문에 발버둥 치는 것일까 아니면 신뢰하고 있던 메카리의 의심을 받아서 화가 난 것일까.

"그럼 말을 꺼낸 메카리에 대한 소지품 검사부터 하도록 하지." 오쿠무라가 말했다.

"그, 그래요! 가진 거 전부 꺼내요!"

시라이와가 메카리에게 다가가며 말했다.

"그만둬!"

그때 키요마루가 외쳤다. 차량 뒷문을 연 키요마루가 메카리에게 다가오면서 말했다.

"당신네들이 메카리 소지품 검사를 하는 사이에는 누가 날 지켜줄 거야?"

그 말에 시라이와가 어이없다는 듯 키요마루를 쳐다보았다.

"너, 우리들 중에 메카리 선배밖에 못 믿겠다는 거야?" 시라이와가 말했다.

"네 녀석들보다는 믿지. 내가 총에 맞을 뻔했을 때 방패가 되어 주었으니까." 키요마루가 말했다.

그때 시라이와가 갑자기 권총을 뽑아 키요마루를 겨눴다. 시라이와의 이마에는 혈관이 튀어나왔다.

“내가 누구 때문에 목숨 걸고 이 짓하는지 몰라?” 시라이와가 키요마루에게 말했다.메카리도 시라이와와 거의 동시에 권총을 뽑았다.

“시라이와! 총을 내려!”

메카리의 총구는 시라이와를 향했다.

“뭐야, 지금 저한테 총을 겨눈 거예요?” 시라이와가 메카리를 노려보며 말했다.

“제 목숨보다 키요마루의 목숨이 더 중요하다는 거예요?”

메카리는 시라이와를 쏘고 싶지 않았다. 하지만 무척 화가 났다.

분명 시라이와나 오쿠무라 둘 중 하나가 배신자임에 틀림없다.

메카리는 다시 오쿠무라를 보았다. 오쿠무라는 태연히 담배를 피우고 있었다.

“오쿠무라 반장님, 반장님도 뭐라고 말씀 좀 해보시죠.”

“난 시라이와와 같은 의견이야.”

오쿠무라가 진지한 말투로 말했다.

“동료 목숨보다 키요마루의 목숨을 중요시하는 자

네가 문제라고 보네."

'동료? 누가 동료야? 이 셋 중 한 명은 분명 배신자인데!'

"돈 따윈 아무래도 좋아! 키요마루를 죽이고 이딴 개 같은 임무를 끝내버리겠어!" 시라이와가 외쳤다.

그 말에 키요마루가 메카리 뒤에 숨자, 이제 시라이와의 총구는 메카리를 겨누는 모양새가 되었다.

"시라이와, 총을 버려!"

메카리도 시라이와에게 총을 겨눈 채 천천히 다가갔다.

"방해하지 마, 비켜!" 시라이와가 소리쳤다.

좀 더 빨리 징후를 알아차렸어야 했다. 시라이와는 이미 제정신이 아니었다.

"키요마루가 아직까지 살아있는 바람에 많은 사람들이 죽고 있어. 이런 녀석은 죽는 게 나아!"

메카리는 앞으로 나아가던 발걸음을 멈추고 말했다.

"날 죽이기 전에는 키요마루는 죽일 수 없어. 만약 나를 죽이고, 키요마루도 죽이면 넌 사형이야!"

"선배!"

시라이와의 눈에서 눈물이 흘렀다.

"선배…!"

메카리는 순간 불길함에 휩싸였다.

"선배는 왜…!"

시라이와의 눈동자가 메카리를 보고 있다.

"선배는 왜 날 믿지 않겠다는 거예요!"

그 말이 메카리의 쓰라린 가슴을 후벼팠다.

"저길 봐!"

갑작스런 오쿠무라의 외침에 메카리와 시라이와가 동시에 뒤를 돌아봤다.

멀리서 접근해오는 SUV 차량 한 대가 있었다. 조수석에서 몸을 내민 남자 하나가 총신이 긴 총을 들고 있는 것이 보였다.

"산탄총이야!" 메카리가 소리쳤다.

오쿠무라는 벌써 운전석에 올라타고 있었다. 시라이와도 재빨리 조수석에 올라탔다.

메카리도 키요마루를 뒷좌석에 밀어넣고 차에 탑승했다.

메카리가 문을 채 닫기도 전에 차량은 급격히 출발했다.

하지만 반대편에서도 2대의 승용차가 접근해 오고

있었다.

뒤에 따라오는 SUV 차량과 앞에서 오고 있는 2대의 차량은 같은 팀인지 아니면 각각 경쟁적으로 키요마루를 쫓아오는 것인지는 알 수 없었다.

그때 갑자기 총소리가 들렸다. 조수석 옆 사이드미러가 날아갔다.

보통 총은 정확히 목표물을 명중할 수 있도록 설계되지만, 산탄총은 한 번에 수백 개의 총알이 흩어지도록 만든 강력한 수렵용 총이었다. 그런 총에 맞으면 인간은 잠시도 버틸 수 없다. 메카리는 키요마루와 함께 몸을 낮추었다.

오쿠무라는 액셀을 세게 밟았다.

전방에서는 갑자기 어느새 나타난 트럭이 돌진해오고 있었다.

오쿠무라가 핸들을 왼쪽으로 꺾었다. 하지만 급격히 접근해온 다른 승용차들과 부딪칠 뻔하는 바람에 그는 핸들을 더욱 왼쪽으로 꺾었다.

그러자 이번에는 뒤에서 추격해온 SUV 차량과 마주보는 형국이 되어버렸다.

계속해서 총성이 들렸다.

메카리 팀이 탄 차량 근처 지면에서 대량의 흙이 솟구쳤다. 산탄총의 총알이 흙바닥에 맞은 까닭이다.

오쿠무라가 다시 핸들을 돌려 어딘가로 도망치려고 했지만, 돌진해온 트럭에 앞을 막히고 말았다. 그는 급브레이크를 밟았고, 가벼운 충격이 발생했다.

뒤에서는 승용차가 달려오고 있었다.

SUV 조수석에 탄 남자가 계속해서 산탄총을 발사하는 것이 보였다. 총성과 함께 아까 전보다 더 가까운 위치에서 흙이 솟구쳤다.

산탄총으로 타이어를 노리는 모양이다. 차량을 멈추게 해서 키요마루를 죽일 생각일 것이다.

창문에서 몸을 내밀던 산탄총을 든 남자가 차 안으로 들어갔다. 아마도 총알을 새로 장전하기 위해서일 것이다.

점점 SUV 차량이 가까워지고 있었다.

"젠장!"

흥분한 시라이와가 차에서 튀어나가 SUV를 향해 권총을 연발했다.

SUV 차량 주변에서도 차례차례 흙이 솟구쳤다. 그리고 6번째 총알이 타이어를 맞췄다.

SUV 차량이 타이어가 터져 휘청거리면서 접근해 왔다.

조수석 남자는 다시 몸을 내밀어 산탄총으로 시라이와를 겨눴다. 시라이와도 그 남자를 향해 총구를 겨눴다.

두 발의 총성이 교차했다.

그리고 시라이와의 머리 절반이 날아갔다.

4

시라이와의 몸이 흙바닥 위로 나자빠졌다.

마치 석류알이 터진 것 같았다. 시라이와의 얼굴은 남아있지 않았다.

메카리는 피가 거꾸로 솟는 것 같았다. 머리카락도 곤두서는 기분이었다.

메카리는 권총을 꺼내 자동차 뒤 창문을 열고, 몸을 내밀어 권총을 연발했다. 다가오는 SUV 차량의 앞유리가 총알에 맞을 때마다 하얗게 흐려졌다.

이윽고 SUV 차량이 크게 흔들려 차량 옆면이 보였다.

메카리는 계속 총을 쐈다. SUV 차량의 조수석에 있는 남자를 향해 있는 대로 총알을 쏟아부었다.

권총의 달궈진 빈 약실에서 피어오르는 연기가 안개처럼 키요마루와 메카리가 앉아 있는 뒷좌석을 덮는다.

SUV 차량 조수석 쪽에 드디어 차례차례 검은 구멍이 생기는 것이 보였다. 그리고 조수석 창문에서 피가 튀기는 것도 보였다. 이윽고 산탄총이 흙바닥으로 떨어졌다.

메카리는 빈 탄창을 버리고, 허리춤에 차고 있던 예비 탄창을 다시 권총에 꽂았다.

이제 SUV 차량은 도주를 시작하려고 하는 것 같았다. 앞을 가로막고 있던 트럭도 후진을 하기 시작했다.

트럭 앞 유리도 2발의 탄흔으로 금이 가 있었다. 오쿠무라가 쏜 자국이었다.

오쿠무라는 액셀을 밟는다. 그리고 기세 좋게 출발했다.

이제 뒤쪽에 있는 승용차 두 대도 더 이상 쫓아오려고 하지 않았다.

오쿠무라는 오른손으로 쥐고 있던 권총을 조수석에 던지고 운전에 집중하려 했다.

차량은 어느새 공사장을 벗어나 도로를 질주하고 있었다.

공사장 주변에는 상당한 양의 차량이 모여 있었다.

메카리는 창문으로 권총을 내밀어 경계했지만, 방금 전 발생한 총격전을 보고 모두들 겁을 먹었는지 다가오는 차량은 없었다.

키요마루는 양손으로 귀를 막은 채 고개를 숙이고 있었다. 메카리도 귀에 통증을 느꼈다.

어느새 주위는 급격히 어둑어둑해져 가고 있었다.

메카리는 오쿠무라가 눈치채지 못하도록 하면서 슬며시 핸드폰을 꺼냈다. 그리고 키요마루 홈페이지에 접속했다.

붉은 점은 이미 시즈오카현에 들어서 42번 국도 위를 하마나코 방면을 향해 옮겨가고 있었다.

메카리는 재빨리 인터넷 접속을 끊고 핸드폰을 집어넣었다.

"오쿠무라 반장님, 다시 한번 멈춰줄 수 있겠습니까?"

메카리는 아직도 귀가 먹먹해 자신의 목소리가 멀게 느껴졌다.

오쿠무라가 고개를 끄덕였다.

잠시 후, 전방에 어느 폐쇄된 주유소가 보였다.

오쿠무라는 갓길에 차를 세웠다.

메카리는 권총을 오쿠무라 뒷머리에 들이댔다.

"시라이와가 죽었어. 이제 당신뿐이야!"

스스로도 놀랄 정도로 냉정한 목소리였다.

오쿠무라는 천천히 고개를 돌렸다.

태연하게 메카리를 바라보고 있었다.

"내려!"

메카리는 오쿠무라의 머리를 권총으로 눌렀다.

오쿠무라는 겁내지 않고 천천히 문을 열고 차에서 내렸다.

메카리는 빠르게 내려 오쿠무라에게 권총을 겨눈 채 그에게 다가갔다.

메카리는 2미터 거리를 두고 오쿠무라의 정면에 섰다.

"어떻게 위치를 알렸지? GPS가 달린 핸드폰인가?"

"대충 그런 거다."

오쿠무라는 웃옷 주머니에서 핸드폰을 꺼냈다.

"난 이것을 주머니에 넣고 있었을 뿐이야. 위성이 계속 감시했던 것이지 뭐."

오쿠무라가 미소를 지으며 말했다.

"그걸 넘겨주겠나?"

"싫다고 하면 쏠 텐가?"

"쏠 거야."

"키요마루를 지키기 위해서 날 죽일 셈인가?"

"죽이진 않아. 핸드폰을 쏠 뿐이야. 어디에 맞을지는 모르겠지만…."

"그건 공무집행법 위반일세."

"조사는 나중에 얼마든지 받아주겠어."

"알겠다."

오쿠무라가 손에 들고 있는 핸드폰을 땅에 버렸다.

메카리는 그 핸드폰을 권총으로 쏘았다.

주위에 총성이 울려퍼지고, 파편이 튀었다. 완전히 부서진 것 같았다.

이제 영원히 위치가 노출될 리 없었다.

"이제 만족했나?"

오쿠무라가 메카리의 마음을 꿰뚫어보듯 말했다.

메카리는 오쿠무라에게 묻지 않을 수 없었다.

"왜 이런 바보 같은 짓에 동참한 거지?"

"이보게, 내가 위치를 알려주기만 하면 누가 키요마루를 죽이든 나에게도 100억이 들어오게 되어 있네."

"…."

"이 나이에 나도 징역형까지 받는 것은 사양이야. 하지만 난 실형을 살지도 않으면서 100억을 받는다면, 이건 정말 하늘이 준 기회 아니겠나? 내가 이송팀의 일원이 됐기 때문에 기회가 생긴 거지."

"당신은 형사로서 자긍심도 없나?"

"있지. 나도 30년 이상 경찰로 일했어. 나름의 긍지도 정의감도 가지고 있지."

오쿠무라가 태연하게 말했다.

"하지만 나도 정년이 가까워. 유유자적한 노후를 보내기 위해서는 돈이 필요하지…."

"당신은 살인에 가담한 거야! 키요마루가 죽었다면 살인방조죄라고. 게다가 30년 경찰 인생에 먹칠을 한 거라고!"

"자네가 뭘 아는가?"

오쿠무라의 눈이 차갑게 변했다.

"난 니나가와 치카의 시체를 보았네…."

메카리는 마른침을 꿀꺽 삼켰다.

"사건을 뉴스로밖에 접하지 못한 자네 같은 녀석이 뭘 안다고 큰 소리야?"

오쿠무라의 표정이 바뀌었다. 메카리에게도 화를 내는 것처럼 느껴졌다.

"그 현장이 얼마나 참혹했는지, 그 아이 모습이 얼마나 불쌍했는지 자네가 상상이나 할 수 있겠나?"

메카리는 할 말을 잃었다.

"경찰은 사건 현장 전부를 언론에 공개하지 않았어. 뉴스로 내보낼 수도 없는 사안이었다네. 유족의 심정을 고려해서 숨기는 일도 많아."

오쿠무라는 키요마루가 있는 쪽을 쳐다보았다.

키요마루가 타고 있는 뒷 창문은 아까의 총격전으로 박살이 나 있었다. 키요마루도 대화 소리를 들을 수 있을 텐데, 그는 고개를 숙이고 있는지 얼굴이 보이지 않았다.

"저 녀석은 말이야, 7살 여자애의 양발목을 부러트려서 움직일 수 없게 만든 다음 아이를 범했어. 그리고 죽을 때까지 때린 거야. 그 아이의 얼굴은 마치 오래된 감처럼 물컹물컹했지…."

오쿠무라는 소리를 낮추었다.

"부검의가 힘을 주어 눈꺼풀을 올려보아도 눈이 떠지지 않을 정도로 망가져버린 소녀의 얼굴에 저 녀석은 정액을 뿌려놓았단 말이야! 이제 알겠어? 그 아이의 부모 심정이 어떤지!"

오쿠무라는 어느새 눈물을 흘리고 있었다. 항상 냉정해 보이는 오쿠무라가 이제 와서는 감정을 억누르지 못하고 있었다.

메카리는 자신의 어리석음을 깨달았다. 오쿠무라나 칸바시를 자기처럼 SP 같은 경찰이라 생각했지만, 그들은 달랐다. 사건 현장에서 피해자의 시신을 접하고, 유족의 슬픔과 분노를 함께 느끼며, 키요마루 같은 놈들을 매일같이 추적하던 인물이다. 그들과 메카리는 키요마루에 대한 관점이 천양지차인 것이 당연했다.

칸바시의 키요마루에 대한 태도도 칸바시의 부족한 인품 때문만이 아니었음을 이제는 메카리도 깨달았다.

"범인은 바로 밝혀졌네. DNA도 일치했어. 우리들은 필사적으로 키요마루를 찾았지. 매일매일 달렸어. 하지만 아무 단서도 발견하지 못했어. 3개월이 지나자, 이제 더 이상은 해볼 만한 것도 없었지. 수사본부에도 포기하려는 분위기가 흘렀어. 하지만 난 키요마루를 용서할 수 없었어. 어떻게 해서든 키요마루에게 죗값을 치르게 해주고 싶었어. …그때야. 그 남자가 나한테 나타난 것이…."

'그 남자?'

오쿠무라는 눈물을 멈추었다. 그리고 평소와 같은 냉정한 말투를 되찾았다.

"자신을 피해자 유가족이 보낸 사람이라고 소개했지. 나로서는 유가족들에게 미안한 마음이 있었지. 그때까지도 키요마루를 체포하지 못하고 있었으니…. 그 남자는 도저히 정체를 알 수 없는 남자였어. 알고 보니 그 사람은 니나가와 회장이 고용한 녀석이었고, 이 엄청난 계획을 꾸몄지. 보통 녀석이 아니란 것은 바로 알아차렸어. 하지만 그 녀석은 남다른 인맥도 있는 것 같았어. 날 찾아왔던 시점이 이송팀이 꾸려지기도 전이었다는 걸 보면 정말 그렇지. 놈은 적어도 경찰청 고위층도 움직일 수 있는 힘이 있었던 거야."

"…."

"니나가와 회장의 힘만으로는 경찰 고위층을 범죄에 가담시킬 수 없어. 내 짐작으로는 국정원 간부 출신이 아닐까. 계략의 전문가지. 채찍과 당근을 함께 사용했어. 돈으로 움직이지 않는 상대의 경우는 그 사람의 약점을 잡아 협박했지. 그래서 어느샌가 나도 그 제안을 승낙해버리고 만 거야…."

"당신도 설마 약점을 잡힌 건가?"

"그것까지 너한테 말할 이유는 없어."

오쿠무라는 계속해서 무표정하게 말했다.

"그래서 어쩔 셈이지? 날 체포할 텐가?"

"관할 경찰에게 넘기도록 하지."

메카리의 말에 오쿠무라는 콧방귀를 뀌었다.

"관할 경찰이 자네 말을 믿을까? 내가 니나가와에게 고용되었다는 증거는 없어."

"내가 증인이야!"

키요마루가 뒷좌석에서 고개를 내밀며 말했다.

"살아남는다면 말이지…?"

오쿠무라가 차가운 말투로 말했다.

"네 놈이 경찰서에 가서 증언할 텐가? 그런데 말이지…, 네가 증인석에 앉는 것보다 더 먼저 네 머리가 날아갈 거다!"

키요마루는 얼어붙었다.

오쿠무라는 메카리를 쳐다보았다.

"키요마루가 죽으면 증거는 나와 자네의 증언뿐이야. 내 죄가 드러나면, 나도 누군지 모르지만 경찰 윗선의 죄도 드러나게 되는 거지. 하지만 명백한 물증도 없이 그게 가능하리라 보나?"

오쿠무라 말대로였다. 그것은 불가능할 것 같았다.

"냉정하게 잘 생각해 봐. 넌 훌륭한 경찰이야. 정말

우수한 SP라고 생각하네. 그리고 인품도 훌륭해. 그런 자네가 목숨을 걸고 키요마루를 지킬 가치가 있나? 아니, 없어. 맹세코 없어!"

다시 오쿠무라의 말투가 격해졌다.

"난 니나가와에게 고용되었다고 하더라도 단순히 누군가가 키요마루를 죽이도록 기다리기만 한 게 아니야. 키요마루를 직접 곁에서 지켜보고, 만약 그에게 조금이라도 동정심이 생긴다면, 곧바로 핸드폰을 버리고 진심으로 키요마루를 지키려고 했어."

오쿠무라의 말이 꼭 거짓말인 것 같지만은 않았다.

"하지만 저 녀석은 진짜 쓰레기야! 살려두는 것 자체가 악행 그 자체지! 만약 저 녀석을 지켜서 무사히 재판에 넘기면, 형이 확정되고 국민들의 혈세로 감옥에서 10년 정도를 살겠지. 그리고 출소하면 또 다른 어느 소녀를 죽이겠지. 아니야? 그때 넌 그 죽은 소녀에게 뭐라고 사죄할 건데?"

메카리는 아무 대답도 할 수 없었다. 오쿠무라가 말한 것은 엄연한 사실이었다.

"안 그래? 이제 너도 충분히 알아들었을 텐데…? 니나가와 회장은 진심이야. 결코 포기하지 않아. 앞으로도 그가 어떤 준비를 해놓았을지 우리들은 짐작할 수도 없어. 그때 위험해지는 건 자네야. 난 자네가 죽는 걸 바라지 않네!"

"…."

"자네 덕에 키요마루가 정말로 본청까지 이송된다고 해도 어차피 키요마루는 그 후 어딘가에서 죽을 걸세. 유치장, 검찰청, 법원, 감옥…. 그리고 그 과정에서 또 수많은 선량한 사람들이 말려들겠지. 전 국민이 지금 살기에 차 있어. 그것은 키요마루가 죽을 때까지 끝나지 않아."

오쿠무라의 말은 틀림없는 사실이다.

"그러니 이제 끝내자. 그렇지 않으면 자네도 키요마루를 살려둔 것을 후회하는 날이 반드시 올 거야. 내가 죽이도록 하지. 궁지에 몰린 키요마루가 내 총을 빼앗아 자살했다고 처리하자. 돈은 내 몫의 반을 주지. 50억이다. 그 이후에 아무 일 없었던 것처럼 계속 경찰 일을 해도 좋고, 퇴직해서 마음대로 살아도 좋아."

순간 키요마루의 얼굴에는 두려움이 일었다. 처음으로 보는 절망의 표정이었다.

메카리가 말했다.

"오쿠무라 반장님, 반장님이 하신 말씀은 다 옳습니다. 하지만 전 그 제안을 받아들일 수 없습니다."

메카리는 오쿠무라의 양손을 자동차 보닛에 올려놓게 한 다음, 몸수색을 했다.

다른 수상한 물건은 없었다. 다만, 메카리가 떠난 이후 오쿠무라가 니나가와 회장 측과 연락할 것이 우려되어, 주위의 돌을 주워서 오쿠무라의 원래 핸드폰도 부숴버렸다.

메카리는 오쿠무라에게서 수갑과 열쇠를 압수했다. 그리고 뒷좌석 문을 열고 키요마루의 양손에 수갑을 채웠다.

그런 다음 오쿠무라를 길에 놔둔 채 운전석에 올라타 시동을 걸었다. 조수석에 오쿠무라의 권총이 있다는 사실을 눈치채고 손에 쥐었다.

실린더를 열고 총구를 위로 세우자 남아있던 총알 3개가 바닥에 떨어졌다.

메카리는 총알을 모두 빼버린 그 권총을 창문 바깥으로 던졌다. 권총이 오쿠무라의 발 앞에 떨어지면서 콘크리트에 부딪혀 금속음이 울렸다.

"마음을 바꾸려면 지금뿐이야. 반드시 후회할걸세."

오쿠무라가 말했다.

“그렇겠지…요.” 메카리가 대답했다.

“그렇다면 왜 마음을 바꾸지 않는 건가?”

“내 동료인 시라이와가 죽었어요. 이제 와서 키요마루를 죽이고 돈을 받는다면, 나는 인간으로서의 도리를 저버리는 겁니다.”

“죽은 사람과의 의리 챙겨봤자 소용없어.”

“그건 나도 알아요!”

메카리는 그렇게 외치면서 액셀을 있는 힘껏 밟았다.

오쿠무라는 버려진 주유소 근처에 남겨놓았다.

‘죽은 사람과의 의리 챙겨봤자 소용없어.’

메카리의 귓가에 오쿠무라의 말이 맴돌았다.

그건 메카리도 잘 알고 있다. 이전에도 오오키 계장에게 비슷한 말을 들었다.

‘하지만 난 그런 식으로밖에 살아갈 수 없게 태어난 몸이다.’

시라이와가 죽었다.

‘내가 시라이와를 죽게 만들었다.’

메카리는 시라이와가 배신을 했다고 생각했다. 하지

만 아니었다. 오래전부터 망가져 있던 사람은 오히려 메카리 자신인지도 모른다. 분노와 의심에 사로잡혀 정상적인 판단력을 잃은 것이다.

'시라이와야말로 믿었어야 했는데…'

그때 키요마루가 뒷좌석에서 몸을 내밀었다.

"역시 당신은 내가 짐작한 대로의 인간이야! 믿을 수 있는 건 당신뿐이야!"

어이없게도 지금까지 남은 것은 유일하게 인간쓰레기인 키요마루뿐이었다.

그것이 끝없이 불쾌했다.

911
POLICE

1
명

1

완전히 밤이 되었다.

메카리와 키요마루가 탄 차량은 하마나 해안도로를 질주하고 있다.

아라이벤텐 IC를 통과해서 하마나대교를 건넌다.

메카리의 머릿속에는 시라이와의 모습과 오쿠무라의 말이 맴돌고 있었다.

시라이와의 머리가 터지는 장면이 눈에 아른거렸다.

오쿠무라의 눈물 섞인 외침이 들려온다.

'오래된 감처럼…, 정액을 뿌려놓았단….'

머리가 터져버릴 것 같았다.

어느새 하마나 해안도로가 1번 국도와 만나, 메카리는 빨간불에서 정차했다.

정신을 차리고 시계를 보니, 오쿠무라를 내려둔 채 달리기 시작한 지 10분이 지났다.

이제 이 차량도 슬슬 버려야 할 때가 왔다.

한쪽 사이드 미러도 없었고 창문도 깨져 있었다. 차체에 여러 개의 탄흔도 있다.

메카리와 키요마루가 이 차량에 있다는 사실을 오쿠무라가 알고 있다. 그 외에도 꽤나 많은 사람들이 목격했다.

다행히 오쿠무라는 교통량이 적은 곳에 두고 왔고, 그의 핸드폰도 부숴버렸다. 그러니 그가 니나가와 측과 연락을 취하려면 좀 더 시간이 걸릴 것이다.

그때까지 꼭 해야 할 일은 두 가지이다. 조금이라도 오쿠무라로부터 멀리 벗어나는 것과 본청에 연락해 상황을 보고하는 것이다.

신호가 바뀌자, 메카리는 액셀을 밟으며 핸드폰을 꺼내 오오키 계장에게 전화를 걸었다.

"메카리인가! 자네 지금 어디야? 키요마루는 어떻게 되었어?"

흥분한 오오키의 목소리가 귓가에 울렸다.

"키요마루는 무사합니다. 하지만 시라이와가 죽었습니다."

"…."

"시즈오카 경찰서에 연락해서 오쿠무라 반장을 체포해주세요. 그 자는 지금 니나가와 회장을 위해 일하고 있습니다."

"뭐라고!"

"오쿠무라는 니나가와 측에 매수당해 저희들의 위치를 알려주고 있었습니다. 본인이 인정했습니다. 경찰 고위층도 협조하는 패거리가 있습니다."

"그게 정말이야!"

"키요마루가 증인입니다."

오오키가 침묵했다. 대답이 없었다.

"왜 그러시죠, 계장님?"

"사실은…, 조금 전에 오쿠무라 반장한테서 연락이 왔었네."

"네?"

"키요마루가 총을 빼앗아 자네를 인질로 삼은 뒤, 도망쳤다고…."

"아니…!"

"키요마루가 궁지에 몰려 자포자기하는 심정으로 자네를 데려갔다고 하더군. 그래서 자네 목숨이 매우 위험하다고 말했어."

"…."

"그 보고를 상부에 전달했더니, 바로 지시가 내려왔네. 인질이 된 메카리를 구출하는 것이 최우선이며, 상황에 따라 키요마루 사살도 어쩔 수 없다고…."

당했다….

니나가와 회장 측을 얕보았다.

그들은 오쿠무라에게 본청에 연락하도록 시켜서, 모든 경찰이 키요마루 살해할 수 있는 명분을 줘버렸다. 즉, 오쿠무라가 이송팀에서 배제되는 시나리오도 미리 예상하고 대비했다고 볼 수 있다.

'그런데 오쿠무라는 어떻게 그렇게 빨리 보고를 할 수 있었지? 우연히 주유소 근처에 공중전화가 있었나? 아니, 그것도 아니라면 니나가와 측 사람 여럿이 오쿠무라를 지원하기 위해 계속 미행을 했었을까.'

어쩌면 GPS 신호를 따라 어느 정도 거리를 두면서 미행하다가, 만약 GPS 신호가 끊어지면 주변을 수색해 오쿠무라를 픽업하기로 되어 있었을지도 모른다.

"시즈오카 경찰서에서는 가능한 한 많은 인원을 투입해 자네들을 쫓을 걸세. 인근 경찰서 기동대도 외곽 경계를 강화하기로 했어."

대응이 너무나 빨랐다. 마치 이런 사태를 미리 예견하고 준비라도 해둔 것 같았다. 니나가와 회장에게 고용되어 이 모든 시나리오를 꾸민 인물은 마치 거대한 게임을 즐기는 기분일지도 모른다.

"메카리, 내가 뭘 해주면 되겠나? 경호과에서도 지원 인력을 보내줄까?"

"아닙니다. 저는 지금 저에게 다가오는 모든 인간을 아무도 믿을 수 없습니다."

"그럼 이쪽에서 지원해 줄 수 있는 건 없는 건가?"

"기도해주세요. 저와 키요마루를 위해서…."

메카리는 전화를 끊었다.

그때 경찰차의 사이렌 소리가 어디선가 크게 들려왔다. 거리 곳곳에 경찰차가 다니는 모양이었다.

메카리는 오오키와의 전화를 끊어버리고 곧바로 키요마루와 함께 차에서 내렸다. 이 차를 버리지 않고 타고 가다가 불심검문에 걸리면 끝장이다. 다만, 조금이라도 늦게 발견되게 하기 위해서 아무 데나 버리지 않고 근처 무인주차장 안에 세워두었다.

그로부터 다시 2시간이 지났다.

경찰은 시즈오카현 전역에 가능한 병력을 총동원하여 주요간선도로나 역, 항구 등에서 불심검문을 실시함과 동시에 키요마루가 잠복해 있을 만한 장소를 일일이 찾아다니고 있을 것이다.

그리고 키요마루가 발견되면 그는 즉시 사살된다. 어쩌면 그 과정에서 메카리도 죽을지도 모른다. 둘이 함께 있는 모습이 발견되면, 100억에 눈이 먼 경찰관이 갑자기 발포해올 가능성도 충분히 있기 때문이다.

메카리는 그저께 점심에 보았던 TV 방송이 떠올랐다. 키요마루 홈페이지에 게재된 100억 원을 받을 수 있는 조건 중 두 번째 조건 말이다.

'키요마루 쿠니히데를 죽음에 이르게 했다는 사실이 공개적으로 인정된 자'라는 뜻이 무엇일까 궁금했었는데, 이제야 이해했다. 바로 지금과 같은 상황을 가리키는 것이었다.

경찰관의 직무 집행에 의한 사살!

니나가와 측은 처음부터 이 상황을 예정하고 규칙을 정한 것이었다.

'오오키 계장은 내 전화를 끊고 어떻게 행동했을까.'

오오키 계장은 지금 상황을 바꿀 수 있을까. 아니, 아마도 아무것도 할 수 없을 것이다. 메카리가 한 말도 윗선에서 뭉갰을지 모른다. 경찰 고위간부 중에도 니나가와에게 매수된 인간이 있기 때문에, 메카리가 전화로 한 말은 옆에서 키요마루에게 총으로 위협받고 있을 수 있는 상황이기 때문에 믿을 수 없다고 해버리면 그만이었다.

지치고 배가 고팠다.

피로와 공복은 사람의 마음을 위축시키는 것 같았다.

"배가 고프지? 편의점에서 뭔가 먹을 걸 사오지." 메카리가 말했다.

"아니, 괜찮아. 배 안 고파."

키요마루의 표정에는 두려움이 있었다. 자신을 지켜줄 메카리가 돌아오지 못할 것을 두려워하고 있는 것 같았다.

키요마루는 지금 혼자 남는 것을 두려워하고 있다. 만약 메카리가 키요마루를 버리면 그를 기다리는 것은 죽음뿐이다.

절망적인 상황이었다.

시즈오카현만 벗어나면 그 이후는 어떻게든 될 것이다. 하지만 그 방법을 알 수 없었다. 어디선가 차를 구하거나 아니면 버스에 타고 이동한다 해도 불심검문에 걸릴 가능성이 높다.

'옛날 영화처럼 트럭 짐칸에 숨어야 하나.'

그런 방법으로 검문을 통과하긴 힘들 것 같았다.

역이나 항구는 근처까지 가기도 힘들 것이다.

'걸어서 산을 넘어야 하나.'

시즈오카와 나가노, 야마나시현의 경계는 산악지대였다. 경찰도 산속을 전부 수색할 수 있을 정도의 인원을 배치하지는 못할 것이다. 산으로 도망치면 경찰에게 들키지 않은 채 시즈오카현을 벗어날 수도 있다.

하지만 메카리는 이곳 산세를 잘 모른다. 이 근방 지리에 대한 지식도 전혀 없었다. 그리고 몇십 킬로미터를 걸어야 하는지도 몰라 엄두가 나지 않았다.

언론사에 연락해서 진실을 알릴까. 무의미했다. 메카리의 말을 증거도 없이 누가 믿어줄 것인가.

신뢰할 수 있는 사람에게 도움을 청한다? 그런 사람 따위도 없거니와, 만약 그런 사람이 있다 해도 그런 소중한 사람을 위기에 빠뜨릴 수는 없었다.

"이제 무리야. 어차피 난 죽을 거야…." 키요마루가 중얼거렸다.

메카리는 아무런 대답도 할 수 없었다.

"죽는 건 딱히 두렵지 않아. 오히려 이런 상황에서 사는 것보다는 죽는 것이 낫겠지. 그렇지 않겠어?"

메카리는 키요마루에게 무슨 말을 해야 할지 몰랐다.

"하지만 100억에 눈이 먼 녀석들한테 죽는 것만큼은 참을 수 없어."

'키요마루가 자살을 결심한 건가.' 메카리는 그렇게 생각했다.

하지만 그것은 반은 맞고 반은 틀린 생각이었다.

키요마루는 메카리를 쳐다보며 말했다.

"날 죽여줘!"

메카리는 귀를 의심하지 않을 수 없었다.

"당신한테 죽는다면 난 미련 없이 죽을 수 있어."

키요마루의 눈동자를 보니 진심처럼 보였다.

"날 죽인 다음 정당방위라고 하면 되잖아! 아까 통화내용을 언뜻 들어보니, 어차피 내가 당신을 인질로 삼았다고 알려져 있다며? 내가 당신을 죽이려고 해서 당신이 반격하다가 나를 죽였다고 하면 아무 문제 없잖아."

"…."

"그러면 100억은 당신 몫이야. 당신이 그 돈을 받게 되면, 그 중에 조금이라도 좋으니 내 어머니에게 줄 수 없겠어?"

키요마루의 어머니는 현재 홋카이도에 살고 있다. 키요마루는 태어났을 때부터 편모 가정에서 컸다고 들었다.

"난 지금까지 무엇 하나 효도를 해본 적이 없어. 효도는커녕 얼굴 들고 다니지 못할 짓만 하고 다녔지…."

어머니 혼자 길러온 아들이 여자아이를 능욕하고 죽였다. 감옥을 나와서도 반성하지 않고 또 같은 범행을 저질렀다. 그 어머니의 인생이 얼마나 괴로웠을지 어렵지 않게 짐작할 수 있었다.

키요마루의 어머니라면 나이도 아직 50대일 것이다. 그녀 또한 키요마루의 희생자라고 볼 수 있다.

"적어도, 적어도 아들의 목숨과 맞바꾸어 노후를 편히 보낼 수 있는 돈 정도는 주었으면 해."

키요마루도 사람 새끼인가 보다. 갑작스레 키요마루에 대한 연민의 정도 생겨났다.

"그렇게 나를 믿을 수 있나? 내가 돈을 독차지하고 네 어머니한테는 돈 한 푼 안 줄 수도 있잖아. 네가 날 처음 만났을 때 말했잖아. '난 아무도 안 믿어! 이 세상에서 믿을 건 자기 자신뿐이야!'라고…." 메카리가 말했다.

"아니, 당신은 믿을 수 있어. 나 이상으로…."

키요마루는 그렇게 말하며 메카리를 응시했다.

키요마루가 한 말은 진심일지도 모른다. 하지만 메카리가 그 말을 들은 이상 키요마루를 죽일 수는 없었다.

그러다 문득 한 가지 가능성이 메카리의 머릿속을 스쳤다.

어쩌면 지금 이 상황이야말로 니나가와의, 아니 니나가와에게 고용되어 이 미친 게임을 만든 자가 노린 상황이 아닐까.

사실 키요마루를 죽이는 것만이 목적이라면 간단히 프로 킬러를 고용하면 그만이다. 지금 돌아가는 사건의 전개를 살펴보면, 니나가와 회장에게는 키요마루를 죽이는 것 이외의 의도가 있었던 것이 아닐까.

즉, 키요마루가 모든 국민들로부터 목숨을 위협받는 상태에 빠지게 하고, 심지어 그를 보호해야 할 경찰 조직마저도 그의 목숨을 호시탐탐 노리는 상황을 느끼게 한다. 이로써 그는 궁지에 몰려 갈 곳을 잃고 절망을 맛볼 것이다. 그래서 키요마루는 지금 일말의 반성을 하고 있다. 니나가와 회장이 키요마루를 단순히 죽이지 않은 것은 여기까지 내다보았기 때문일까. 철저하게 궁지에 몰려 공포와 절망 속에서 자신이 벌인 범죄가 얼마나 많은 사람들에게 슬픔과 분노를 주었는지를 알게 해주려는 것은 아닐까.

혹시 이송팀을 편성해 SP들이 키요마루의 경호를 맡게 하고, 메카리를 그 이송팀원으로 뽑은 것도 모두 그의 설계일까.

메카리는 갑자기 자신이 누군지도 모르는 그 인물이 만든 설계대로 움직이는 꼭두각시가 된 기분이었다.

'적당히 하란 말이야! 이제 충분하잖아! 이런 빌어먹을 게임으로 언제까지 사람들을 농락할 셈이야.'

메카리는 결연히 핸드폰을 꺼냈다.

2

몇 차례 신호음이 들린 끝에, 여성 안내원의 목소리가 들렸다.

"네, 키요마루 홈페이지입니다."

"니나가와 타카오키 회장과 이야기를 하고 싶다!"

"여기는 키요마루와 관련된 질문을 받는 고객센터입니다. 질문만 해주세요."

"난 키요마루를 지키고 있는 SP 메카리라는 사람이다! 니나가와 씨에게 나와 이야기하고 싶지 않냐고 물어봐줘!"

"자, 잠시만 기다려주세요!"

"5분 후에 다시 전화하지!"

메카리는 대답을 기다리지 않고 전화를 끊어버렸다.

키요마루가 놀란 표정으로 메카리를 쳐다보았다.

"무, 무슨 생각이야!?"

"니나가와 영감에게 한마디 해야 할 것 같아서…."

이런 바보 같은 일을 그만두라고 해야 할까. 명확하게 정하진 않았지만 무슨 말이라도 퍼붓지 않으면 메카리는 답답해서 미쳐버릴 것 같았다.

전화를 끊은 지 몇 분이 지나자, 핸드폰이 울렸다.

"니나가와 회장이다. 자네가 키요마루의 SP인가?"

"경찰청 경호과의 메카리입니다."

"나와 이야기하고 싶다고?"

"오늘 제 동료 SP가 죽었습니다. 산탄총으로 머리가 날아갔죠…."

"…."

"당신에게는 단순히 경찰 1명이 죽은 사건이겠지만, 그 녀석에겐 '시라이와 아츠시'라는 이름이 있어요. 부모님도 살아계시죠. 아마 애인도 있을 겁니다. 이제 갓 서른이 넘은 애인데…."

"…."

"바보 같은 녀석이었지만 좋은 녀석이었단 말입니다…!"

"…."

"내 말을 듣고도 할 말이 아무것도 없나요?"

"안타까운 일이라고 생각하네."

"남 일처럼 말하지 마! 당신 탓이잖아!"

"그래, 내 탓이다…."

"난 오늘 하루 죽거나 다치는 사람을 여럿 보았어! 내가 죽을 뻔한 위기도 넘겼지…. 그리고 내가 보지 못한 전국 각지에서도 키요마루로 오인된 사람들이 여러 명 죽었대!"

"현재까지 확인된 바로는 11명이라네."

"그래서 당신은 만족스러운가?"

"…."

"그 사람들에게도 가족이 있어. 당신은 지금 자신과 같은 괴로움을 맛보는 인간을 늘리고 있을 뿐이야."

"그럴지도 모르지…."

"이제 충분하잖아. 이런 바보 같은 일은 이제 제발 그만둬줘."

"나도 한시라도 빨리 끝내고 싶네."

"그럼…."

"하지만 끝내는 방법은 하나뿐이네. 키요마루가 죽는 거야."

"아직도 그런 소리를 하나!"

"지금 키요마루의 위치를 아는 건 자네뿐일세. 이 이상 불필요한 피를 흘리지 않게 만들 수 있는 건 자네뿐이라는 거야…."

"나보고 키요마루를 죽이라는 건가?"

"자네가 키요마루를 죽여도 죄가 되지 않을 걸세. 내가 보증하지. 아니면 100억 원이 너무 적나?"

"모든 사람이 돈으로 움직일 거라 생각한다면 그건 큰 오산이야."

"신념에 맞지 않는 일은 할 수 없다는 건가?"

"그래."

"언젠가 후회할걸세."

"당신이 신경 쓸 일이 아니야."

"자네가 그런 결정을 내린 것은 자네가 경찰이기 때문인가? SP로서의 책임감인가?"

"아니야."

"그럼 인간으로서의 정의감인가? 그렇다면 자네는 키요마루가 자네의 목숨을 걸고 지킬 가치가 있다고 보는가?"

"없어. 키요마루는 인간쓰레기야."

"그럼 왜 이러는 건데…?"

"키요마루도 나쁘지만, 당신은 더 나빠."

"…."

"난 키요마루보다 당신을 더 죽이고 싶어. 이런 상황

을 만들어서 전 국민을 고통 속에 몰아넣고 있어."

"그런가. 그럼 더 이상 이야기를 나눌 필요가 없겠군…."

"잠깐 기다려!"

"뭐지?"

"당신 마음은 나도 이해해. 하지만 방식이 잘못되었어."

"세상에 모든 일에는 음과 양이 있네. 어떤 해결 방식도 완벽하진 못해."

"하지만 이런 방식은 무고한 희생자를 수없이 양산할 뿐이야. 이렇게 하면 당신 손녀가 좋아할 것 같아?"

"난 그 아이에게 맹세했네. 그 맹세를 지키지 않을 순 없어."

"손녀의 얼굴을 떠올려봐! 지금 우리들의 대화를 듣고 있을 손녀의 얼굴을 상상해보라고!"

메카리는 항상 죽은 아내와 이야기를 하는 기분으로 살아왔다.

니나가와 회장도 그럴 것이다. 전화를 통해 그런 느낌이 전해졌다. 메카리도 니나가와도 죽은 사람한테 사로잡혀 살아가는 같은 처지의 인간이다.

"그 애의 눈에 눈물이 보이지 않아? 눈물을 머금은 눈으로 당신에게 말하고 있지 않냐고? 그 목소리에 귀를 기울여봐!"

"…."

"할아버지! 그 뒤에 이어서 뭐라고 하고 있지? 할아버지, 그 뒤에 아이가 하는 말을 잘 들어보라고! 그것이 정녕-."

전화가 툭 끊어졌다.

키요마루가 지긋이 메카리를 보았다.

"교섭은 결렬이군…."

메카리는 쓴웃음을 지었다.

하지만 왠지 모르게 마음이 편해진 것 같았다. 이 사달을 일으킨 장본인에게 하고 싶은 말을 다 토로해서일까.

메카리는 그 영감한테 질 수 없다는 오기가 들었다.

갑자기 배가 고팠다.

"일단 먹을 걸 사오지."

"그럼 나도 갈게. 혼자 있으면 무섭다고."

"안 돼. 바로 옆에 있는 편의점에 갈 뿐이야. 넌 여기서 숨어있어."

"하지만…."

"왜? 내가 여기서 널 놔두고 어디로 가버릴 거 같나?"

"…."

"곧 돌아오지."

편의점 옆 주차장에는 택시 1대와 스쿠터가 대여섯 대가 주차되어 있었다.

가게 안 계산대에는 점원 1명과 30대로 보이는 여성이 있었다. 여성 고객은 혼자서 캔커피를 사고 있다.

잡지 가판대 앞에는 16, 17살로 보이는 소년이 5명이 있었고, 과자 코너에도 비슷한 연령대의 소년이 2명 있었다. 도시락 코너에서는 50대 남자가 도시락을 고르고 있었다.

아무도 메카리를 신경 쓰지 않았다.

메카리는 샌드위치와 주먹밥을 바구니에 담았다.

그때 잡지 가판대 앞에 있던 소년 중 한 명이 포테토칩을 고르던 2명의 소년에게 다가왔다.

"잘 들어. 가게 밖을 보지 마."

"왜? 밖에 뭐 있어?"

"그냥 보지 말라니까! 보지 말고 내 얘기만 들어."

"알았어. 안 봐, 안 봐. 그런데 왜 그래?"

"밖에 서 있는 남자, 키요마루 같아…."

"정말이야!"

"그러니까 보지 말라니까. 우리가 보면 그놈이 도망칠지도 모르잖아!"

메카리는 어쩔 수 없이 바구니를 그 자리에 다시 내려놓고 다시 편의점 입구로 향했다.

키요마루가 메카리에게 다가왔다.

키요마루는 메카리가 자기를 놔두고 어디로 가버린다고 생각했던 걸까 아니면 혼자 있는 것이 무서웠던 걸까. 어찌되었든 어리석은 녀석이다. 구석에 숨어 있었으면 될 것을 이제 편의점 안 소년들의 이목을 끌고 말았다.

이미 4명의 소년이 메카리를 따라 편의점을 나와 키요마루와 메카리의 퇴로를 막은 상황이었다. 메카리와 키요마루는 편의점 창문을 등 뒤에 기대고 섰다. 그 주위를 7명의 소년들이 둘러쌌다.

"우와, 대박, 진짜 키요마루야!"

"100억이야, 100억!"

메카리는 한 발 앞으로 다가가며 말했다.

"경찰이다. 비켜!"

하지만 소년들은 아무도 메카리의 말을 듣지 않았다.

"먼저 내가 찌를 테니까 순서대로 한 번씩 찌르고 교대하자."

맨 앞에 선 덩치 큰 녀석이 주머니에서 칼 한 자루를 꺼냈다.

"그럼 누가 죽였는지 모르잖아."

"그래야 우리들 전부 100억씩 받는 거지."

"아하, 진짜 대박이네."

메카리는 또 이런 상황이 벌어지는 것이 답답했다.

"비켜!"

권총을 뽑았다.

"이봐, 진짜 쏠 수 있어?"

무리들 중 코에 피어싱을 한 녀석이 웃으며 말했다.

"우리들은 아직 아무 짓도 하지 않았어."

메카리가 바로 그 녀석 얼굴에 총구를 들이대며 말했다.

"네놈들은 세상 무서운 줄도 모르냐?"

"모르는데?"

무리들이 낄낄거리며 웃었다.

"네 녀석들 진짜 상황 파악이 안 되는구나."

메카리는 오른손으로 권총을 든 채 왼손으로 뒤에 있는 키요마루를 가리키며 말했다.

"이 녀석은 살인마이고, 난 총을 가지고 있어. 그리고 우리 둘 다 지금 눈에 뵈는 게 없는 상태거든!"

아이들의 표정에서 미소가 싹 사라졌다.

하지만 길을 비키려고는 하지는 않았다.

"쏘지도 못할 거면서 큰소리치지 마. 우리들은 미성년이니까 사람을 죽여도 크게 죄가 되지 않거든!"

피어싱을 한 녀석 왼쪽에 있던 녀석이 한 발 앞으로 나오며 말했다.

다들 애송이들이었다. 어른처럼 수염이 나거나 구레나룻이 자라있어도 결국 부모의 보호 아래 아직 세상 물정 모르는 애들이었다.

'이렇게 고생하는 내가 이제는 고작 이런 애송이들에게 얕보여야 한단 말인가.'

시라이와가 있었으면 키요마루를 시라이와에게 맡기고 이놈들을 다 두들겨팼을 텐데…. 칸바시가 있었다면 키요마루 따윈 신경도 안 쓰고 벌써 애들을 패고 있었을 것이다. 세키야가 있었다면 혹시 이런 녀석들까지도 온화하게 설득했을까. 아니, 칸바시나 세키야가 있었다면 이놈들이 처음부터 이렇게 덤비지도 않았을지 모른다.

하지만 지금은 아무도 없었다.

메카리는 혼자다.

그는 권총을 쥔 손을 하늘 높이 뻗었다.

그런 다음 곧바로 피어싱한 녀석을 정조준했다.

무리들이 마른침을 꿀꺽 삼킨다.

"우리들을 쏘면 사형이야!"

피어싱을 한 녀석이 외쳤다.

하지만 호기로운 말투와 달리, 피어싱을 한 녀석은 갑자기 고압 전선에 닿은 것처럼 움찔거리더니 슬금슬금 뒷걸음질치기 시작했다.

그러자, 다른 녀석들도 일제히 도로로 도망쳤다.

순식간에 아이들이 모두 사라졌다.

일단 다행이었다.

그런데 뒤에서 어떤 여성이 메카리 쪽을 쳐다보고 있었다. 편의점 계산대 앞에서 캔커피를 고르던 여성이었다.

“당신, 빨리 도망치는 게 어때요?” 여자가 메카리에게 말했다.

그 아이들이나 편의점 점원이 메카리가 나타났다고 경찰에 신고할 수도 있다. 아니, 이미 했을 수도 있었다.

하지만 이제 대체 어디로 도망쳐야 한단 말인가.

“내 차 탈래요?”

여성은 눈앞에 주차된 택시를 가리키며 말했다.

여성은 택시 운전사였다.

3

여성의 의도를 알 수 없었다.

'왜 도움의 손길을 내미는 것일까.'

어쨌든 메카리는 일단 키요마루와 함께 택시 뒷좌석에 탔다.

조수석 앞 기사자격증에는 여성의 증명사진과 함께 '유리 치카코'라는 이름이 쓰여 있었다.

이 지역 지리에 밝은지 여성은 골목길을 거침없이 달려나갔다.

어느새 그 편의점에서 꽤나 멀리 떨어진 곳까지 왔다.

메카리는 인적이 드문 곳이 나타나면 차를 세워달라고 미리 일러두었다.

"그런데 왜 저희들을 도와주시는 거죠?"

"도와주다니요? 요금을 깎아드릴 생각 없는데요?"

"아니, 그건 당연하지만 그렇다고 해도…."

"택시에 손님을 태우는 게 제 일이라서요…."

"당신은 100억에 흥미가 없나요?"

"아하하하…. 제가 사람을 죽일 수 있는 사람처럼 보여요?"

지극히 당연한 말을 하는 것조차 이제는 너무 신기했다.

"저기요…. 뉴스에서 키요마루가 총을 빼앗은 다음 어떤 경찰을 인질로 삼아 도망쳤다고 했어요. 그런데 아까 편의점에서 그 뉴스가 사실이 아니란 것을 목격해버렸죠."

"…."

"키요마루 혼자였다면 태우지 못했겠지만, 믿음직스런 형사 씨도 같이 계신 것 같아서…."

메카리는 '전 일선 형사가 아닙니다.'라고 말하려다 참았다. 그녀에겐 딱히 의미가 없는 말일 것 같았다.

"그래서 말인데요, 기왕 탈거면 장거리로 타주는 게 고마운데…."

"그야 가능하기만 하다면 도쿄의 카스미세키까지 태워달라고 하고 싶죠…."

"우와, 오랜만에 걸린 진짜 장거리 일감이네. 요즘 실적이 좋지 않았는데…."

유리 치카코는 기분이 좋아 보였다.

"하지만 사실 무리일 것 같습니다. 불심검문에서 걸릴 겁니다."

메카리는 그녀에게 상황을 설명했다.

경찰에게 들키면 키요마루가 사살된다는 사실을.

"흐음, 그건 너무하네요. 경찰 따윈 믿을 수 없죠. 제가 많이 걸려봐서 알아요…."

"……"

"일단 가보죠. 가다보면 어떻게든 되겠죠."

그녀는 태연하게 말했다.

택시는 이와타시를 지나 카케가와시에 들어섰다.

과연 유리의 계획대로 검문을 통과할 수 있을까.

불가능한 것도 아니지만, 그렇다고 가능하다고 장담할 수도 없었다.

"저 여자, 설마 우릴 신고하지는 않겠지?"

키요마루가 불안한 표정으로 말했다.

"그럴 거면 처음부터 우릴 태우지 않았겠지."

"혹시 남편에게 연락해서 칼을 가져오게 한다든지…."

"너 정말 그렇게 생각하냐?"

"아니…."

키요마루는 그 이상 말하지 않았다.

메카리는 이상하게 치카코에 대한 의심이 품어지지 않았다. 왜일까. 사면초가의 상황에서 구해주었기 때문일까. 아니면 사람 좋아 보이는 표정 때문일까.

최악의 하루는 아직 끝나지 않았다.

생명의 위험도 아직 사라지지 않았다.

유리 치카코는 오늘 운행을 하면서 4번이나 불심검문을 당했다고 했다. 그녀의 말에 따르면, 검문을 하는 경찰관 중에 택시에 큰 관심을 갖는 사람은 없었다고 했다. 한 번도 면허증을 제시하라는 말을 듣지 않았고, 트렁크를 열라고 하지도 않았다고 했다. 뒷좌석 손님이 노인이나 젊은 커플일 경우에는 그냥 통과시켰다고 했다.

"아직도 걱정이세요? 괜찮을 거라니까요."

유리의 말을 들으니 정말 괜찮을 것 같은 기분이 드는 것이 신기했다.

키요마루는 지금 트렁크 속에 누워있다.

"이건 좀 아닌 것 같아. 나, 폐쇄공포증 있어…."

"헛소리 하지 마!"

메카리는 그렇게 말하며 힘껏 트렁크를 닫아버렸다.

허리춤에 차고 있던 탄창과 특수경봉은 차 뒷자리 아래에 숨겼다. 그 다음 웃옷을 벗고 와이셔츠와 넥타이 차림으로 택시 운전석에 탔다.

만에 하나를 대비해 권총만 종아리 밑에 두었다.

치카코는 고객인 것처럼 뒷좌석으로 가 등을 기대고 앉았다.

"오, 이거 좋네. 회장님 된 기분이야!"

누가 봐도 여성 손님을 태운 택시로 보일 것이다.

이대로 하면 분명 무사히 검문을 통과할 수 있을 거라고 했다.

하지만 만약 메카리가 면허증 제시를 요구받으면 모든 것이 끝난다. 그동안 그녀가 면허증 제시를 요구받지 않은 것은 여성 운전기사였기 때문일지도 모른다.

메카리는 만에 하나를 위해 한 가지를 더 준비해 두기로 했다.

4

메카리가 운전하는 택시는 치카코의 지시에 따라 좁은 골목길을 전전했다.

도메이 고속도로의 카케가와 IC 부근은 검문의 영향으로 정체되어 있었다.

"카케가와 IC 입구 부근에 뭐가 있나요?"

"어디 보자, 근처에 시립 종합병원이 있던가. 그리고 뭐더라…."

메카리는 그녀의 말을 다 듣지 않고 112를 눌렀다.

"키요마루에게 인질로 잡혀 있는 경찰청 경호과 소속 SP 메카리입니다. 잠시 키요마루의 주의가 흐트러진 틈을 타서 전화했습니다. 이 핸드폰을 위치 추적하면 제가 인질로 잡혀 있는 위치를 알 수 있을 것입니다. 키요마루는 현재 카케가와 시립 종합병원 안에 있습니다. 긴급 구조 요청 드립니다!"

메카리는 일방적으로 그렇게 말하고 전화를 끊어버렸다.

"와, 뭔가 멋져…!"

치카코는 천성적으로 낙천적인 사람인 것 같았다.

이것으로 카케가와 IC 입구 검문소는 바빠 움직이지 않을 수 없을 것이다. 근처에 있는 시립 종합병원에 지원 병력을 파견해야 할 테니까.

그리고 정말 수상한 차량이 아니고서야 제대로 체크도 하지 않을 것이다.

서서히 바리케이드가 다가왔다.

갓길에 많은 경찰차가 주차되어 있었고, 많은 경찰관들이 돌아다니고 있다.

아직 메카리가 건 전화의 효과가 나타나지 않은 것일까.

곧, 메카리가 운전 중인 택시의 차례가 다가왔다.

바로 앞의 일반 승용차의 경우 경찰이 트렁크를 확인했다. 메카리의 심장이 요동쳤다.

그때 젊은 제복경찰이 다가왔다. “실례합니다.”라고 말하며 차 안을 들여다본다. 앳된 신입 경찰 같았다.

“아직 키요마루 안 잡혔어요~?”

치카코가 담배를 한 대 입에 물며 경찰관에게 물었다. 속으로는 무서우면서 최대한 자연스럽게 연기했다.

그 순간 메카리의 눈에 조수석 앞에 붙어있는 기사

자격증이 들어왔다.

'만약 저걸 보게 된다면…?'

식은땀이 흘렀다.

그때 신입 경찰이 귀에 장착한 이어폰을 손가락으로 누르며, 앞쪽 상황을 주시했다. 그제서야 뭔가 무전을 받은 것 같았다.

이제 빨리 가라고 재촉했다.

메카리는 천천히 차를 출발시켰다.

이제 드디어 메카리의 택시는 검문을 빠져나와, 카케가와 IC 입구를 통해 도메이 고속도로에 들어섰다.

메카리의 심장은 쉽게 가라앉지 않았다. 하지만 뒷좌석에서 치카코가 키득키득 웃고 있었다.

잠시 후 메카리는 갓길에 차를 세운 뒤, 지나가는 차량이 없는 틈을 타 키요마루를 트렁크에서 나오라고 했다.

메카리가 다시 운전석으로 이동했다. 키요마루는 수갑을 채운 채 뒷좌석에 앉히고, 치카코는 조수석에 앉았다.

"이거 잊었어요."

치카코가 메카리에게 권총을 건넸다.

“고맙습니다. 당신은 생명의 은인이에요.”

“아하하하…. 하지만 아직 기뻐하긴 일러요. 어떻게든 시즈오카를 벗어나야죠.”

치카코의 택시는 다시 차선을 1차선을 바꾼 뒤, 빠르게 달리기 시작했다.

2시간 정도 후면, 도쿄 경찰청에 도착할 것이다.

‘이제 조금만 더 버티면, 이 빌어먹을 임무에서 해방될 수 있다.

메카리는 모든 것이 치카코를 만난 덕분이라는 생각이 들었다. 그런 생각 속에서 치카코를 쳐다보다가 그녀와 눈이 마주쳤다. 메카리는 허둥지둥 시선을 피했다. 순간 치카코를 여성으로 느낀 스스로가 부끄러웠다.

라디오에서는 심야 방송이 흘러나오고 있었다. 메카리는 문득 학생 시절이 떠오르면서 외로움이 느껴졌다.

이 일이 정리되면 보답 차원으로 치카코에게 식사라도 대접할까. 그녀가 거절하지는 않을까.

‘아니, 이건 어디까지나 감사의 차원이지 다른 뜻이

있는 건 아니야.'

메카리는 스스로에게 그렇게 변명했다.

그 순간, 라디오가 뉴스로 바뀌었다.

키요마루가 시즈오카현 시립 종합병원에서 발견되지 않았다는 뉴스가 나오지 않을까 싶었다. 경찰이 키요마루의 행방을 못 찾고 있다는 내용이 나올 것 같아, 빙긋이 웃음까지 지어졌다.

하지만 여성 아나운서의 입에서 나온 첫 단어는 시즈오카현이 아니라 홋카이도였다.

"어젯밤 11시경, 홋카이도 쿠시로시의 임대 아파트에서 키요마루 쿠니히데의 모친이 목을 매고 사망한 것으로 밝혀졌습니다."

차 안의 공기가 얼어붙었다.

"현장 상황과 집 안에 있던 유서로 보아 경찰은 자살 가능성이 높다고 보고-."

메카리는 키요마루를 보았다. 키요마루는 눈을 부릅뜨고 있었다.

"유서에는 '이 어미의 목숨을 바쳐 부탁한다. 이제 나쁜 짓은 하지 말아주길 바란다. 더 이상 누군가를 다치게 하지 말아줘. 부디 부탁한다. 엄마는 먼저 가서 기다릴 테니, 부디 너도 엄마를 따라와주기 바란다. 키요마루 쿠니히데에게'라고 되어 있으며-."

키요마루의 몸이 부르르 떨렸다. 그는 잠시 동안 수갑이 채워진 양손으로 얼굴을 가린 채 오열하고 있었다.

그러자, 치카코가 잠시 뒤를 돌아보며 키요마루의 어깨를 토닥였다.

그녀는 정말 마음이 따뜻한 사람 같았다.

"힘내서 어머니 몫까지 살아야 돼…."

치카코의 위로의 말에 키요마루의 오열이 더 심해졌다.

치카코도 눈시울이 붉어진 것 같았다. 그녀는 소매로 눈물을 훔치고 있었다.

어느새 라디오는 음악방송으로 바뀌어, 가곡이 흐르고 있었다.

전방에서는 '도쿄까지 1킬로미터'라는 표지판이 보였다.

'이제 곧, 조금만 더…, 버티면.'

하지만 메카리는 곧 임무가 끝난다는 기쁨보다 키요마루가 불쌍하다는 생각이 들었다.

'내가 지금 키요마루를 동정하는 건가.'

메카리는 알 수 없는 묘한 감정에 빠져들었다. 키요마루의 어머니는 키요마루가 메카리를 인질로 잡고 있다고 생각해 자살로 생을 마감한 것 같았다.

그 순간, 갑자기 키요마루가 몸을 일으켜 조수석에 있는 치카코의 목을 양팔로 감쌌다. 너무나 갑자기 일어난 일이라 어떻게 손쓸 새도 없었다.

치카코의 입에서 신음 소리가 나기 시작했다.

메카리는 한 손을 핸들에서 떼 키요마루의 팔을 때렸다. 하지만 차량이 흔들리면서 다른 차량과 부딪칠 뻔하는 바람에 적극적으로 키요마루를 말릴 수가 없었다.

그 사이, 치카코는 점점 더 양쪽 다리를 파닥거리며 괴로워했다. 급브레이크를 밟고 차를 세워야 하는데, 그렇게 하면 뒷차량과 부딪힐 것 같았다.

메카리는 미칠 지경이었다.

5

메카리는 어쩔 수 없이 핸들을 크게 틀었다.

차체 측면을 중앙분리대 벽에 부딪치자, 사이드미러가 날아갔다.

차 안에 충격이 전해졌지만 키요마루는 치카코의 목에서 팔을 풀지 않았다.

메카리는 더욱 액셀을 세게 밟았다. 차체 측면에서 엄청난 불꽃이 튀기 시작했다.

주위 차량들이 겁을 내면서 거리를 두는 것 같았다.

메카리는 액셀을 계속 밟으며 갓길로 향했다.

이윽고 차를 갓길 옆 가드레일에 긁으며 멈추었다.

상당한 충격이었다.

그래도 키요마루는 치카코에게서 떨어지지 않았다.

그 순간 치카코의 다리가 멈추어버린 것 같았다.

그제서야 메카리는 키요마루의 얼굴을 주먹으로 때리기 시작했다.

그래도 떨어지지 않았다.

두 번, 세 번, 네 번.

드디어 키요마루가 팔을 풀었다.

하지만 치카코의 목이 부자연스러운 방향으로 꺾여 있었다. 눈을 뜬 채로 움직이지 않는다.

목뼈가 부러진 것이다.

메카리는 바로 맥박을 확인했지만 맥박이 뛰지 않았다. 치카코의 코와 입에서 들숨과 날숨이 느껴지지 않았다.

가슴에 귀를 대봐도 박동이 느껴지지 않았다.

심장이 정지했다.

통상 호흡과 맥박이 멈추면 기도를 확보해서 심폐소생술을 해야 한다. 하지만 목뼈가 부러진 사람의 기도를 어떻게 확보할 수 있을까. 부러진 치카코의 목을 만지는 것조차 조심스러웠다.

"흥, 이 여자. 뭘 잘났다고!"

키요마루가 내뱉었다.

키요마루는 치카코가 자신을 동정한다고 느낀 것이다.

도저히 상종할 수 없는 인간 말종이다.

메카리는 키요마루를 때리기 시작한다. 코뼈가 부러져 피가 났다.

그래도 더 때린다. 입에서도 피가 났다.

그래도 더 때린다.

때린다. 때린다때린다때린다때린다-.

메카리는 심한 고통을 느꼈다. 오른손 주먹에 키요마루의 부러진 이빨이 박혀 있었다.

어느샌가 키요마루의 얼굴은 피투성이로 변해 있었다. 그리고 왼쪽 눈이 부어서 눈동자도 보이지 않았다.

"날 죽이고 싶어?"

키요마루가 입술에서 피와 침을 질질 흘리며 말했다.

"죽이고 싶잖아? 죽여 봐."

메카리는 권총을 뽑아 키요마루의 관자놀이에 겨눴다.

"어차피 난 죽을 거야. 경찰청에 도착하면 당신 임무는 끝이겠지만, 난 그 후에도 계속 목숨을 위협받겠지, 죽을 때까지."

그래서 어쩌란 말이냐. 그게 어쨌다는 거야.

"하지만 난 사형당할 정도의 죄를 짓지 않았어. 어차피 죽을 거라면 사형을 당할 만한 짓을 해놓지 않으면 내가 손해잖아. 안 그래?"

지금까지 네놈이 무슨 짓을 저질렀는데 그런 말을!

오쿠무라의 말이 옳았다. 니나가와 회장의 말이 옳았다.

키요마루를 살려두면 나중에 반드시 후회할 거라고.

지금이 그때다.

치카코가 죽었다.

메카리는 아무것도 해줄 수 없었다. 구해줄 수 없었다. 자신을 도와준 은인인데도.

'내 책임이다.'

이제 메카리는 키요마루를 죽일 수밖에 없다.

이럴 줄 알았으면 더 빨리 죽일 걸 그랬다는 후회가 들었다. 그랬으면 치카코도 죽지 않았을 것이다.

시라이와도 죽지 않았을 것이다.

키요마루의 어머니도 죽지 않았을지 모른다.

'키요마루를 죽이고 나면 난 어떡하지?'

자살밖에 없는 것 같았다.

'죽어서 아내에게 가자.'

메카리는 키요마루의 오른쪽 눈을 정조준했다.

키요마루의 오른쪽 눈동자는 메카리를 똑똑히 쳐다보고 있었다. 키요마루의 표정에는 일말의 두려움도 없었다.

입가에는 미소조차 흐르고 있었다.

메카리의 오른손 검지손가락이 천천히 방아쇠를 당긴다.

그때 라디오에서 흘러나오던 음악이 아나운서의 목소리로 바뀌었다.

"음악 방송 도중입니다만, 방금 들어온 긴급 뉴스를 전해드립니다. 니나가와 타카오키 회장이 키요마루 쿠니히데에 대한 청부살인 의뢰를 취소한다고 발표했습니다!"

메카리는 귀를 의심하지 않을 수 없었다.

키요마루도 깜짝 놀라는 것 같았다.

"방금 전 니나가와 회장 본인의 육성 녹음테이프가 각 언론사로 뿌려졌습니다. 의뢰를 중단한 이유에 관해서는 아직 정확히 밝혀지지 않았지만, 아마도 용의자 키요마루의 어머니가 자살한 것이 그 원인이 아닐까 사료됩니다."

키요마루 홈페이지도 이미 내용이 전부 바뀌어 청부살인 의뢰 중단 사실을 전하고 있다고 했다.

키요마루는 동요하고 있었다. 사태를 어떻게 받아들

여야 할지 생각하는 것 같았다.

그리고 방금 전까지의 태도는 사라져 버리고, 그 얼굴에는 불안감이 번지기 시작했다.

메카리는 온몸에서 힘이 빠졌다.

권총을 손에서 내려놓은 채 털썩 운전석에 주저앉았다. 그 다음 핸드폰을 꺼내 오오키 계장에게 전화를 걸었다.

그리고 오늘의 두 번째 담배에 불을 붙였다.

메카리가 담배 한 대를 다 피우기도 전에 구급차가 도착했다. 경찰차도 몇 대 따라왔다.

치카코는 구급차에 실려갔다.

하지만 도저히 살아날 가망은 없어 보였다.

메카리와 키요마루는 경찰차 뒷좌석에 나란히 탔다. 둘 다 한마디 말도 없었다. 둘이 탄 차량은 앞뒤로 경찰차의 호위를 받으며 고속도로를 달렸다.

키요마루에 대한 살인 의뢰는 취소되었다.

이제 키요마루의 목숨이 위협받는 일은 없을 것이다.

메카리가 니나가와 회장에게 건 전화가 효과를 거둔

걸까.

하지만 늦었다. 니나가와 회장의 결단이 조금만 더 빨랐다면, 치카코는 죽지 않았을 것이다.

키요마루는 이대로 사형이 확정될 것인가.

기상천외한 살인 청부에 쫓기는 과정에서 일어난 범죄라며 정상참작을 받게 될까.

법원 판사가 어떤 판단을 할 것인지 짐작할 수 없었다.

서서히 동이 트고 있었다.

차량은 고속도로를 빠져나와, 도쿄 경찰청이 있는 사쿠라다몬 앞까지 왔다.

경찰청 본청 앞은 언론사 기자들로 인산인해였다.

보도진이 메카리가 탄 경찰차를 발견하고 따라붙으려고 하는 순간, 갑자기 도로변에 세워져 있던 SUV 차량 한 대가 돌진하기 시작했다.

메카리가 탄 경찰차 운전기사가 급브레이크를 밟았지만 그 차량은 그대로 경찰차를 들이받았다.

엄청난 충격이 전해졌다.

차 안에 앉아있던 메카리의 몸이 붕 떴다가 다시 떨

어지는 기분이었다. 온몸에 고통이 느껴졌다.

메카리는 몽롱해진 의식 속에서 주위를 둘러보았다.

키요마루는 창문에 머리를 들이받은 것 같았다. 온몸에는 유리 파편이 박혀 있었고, 정신도 잃은 것 같았다.

운전석과 조수석에 앉아있던 제복 경찰은 에어백에 눌려서 바둥거리고 있었다.

그때 메카리가 탄 경찰차를 들이받은 SUV 차량에서 한 남자가 튀어나왔다. 그리고 메카리가 탄 경찰차에 다가와, 차 문을 열었다.

40대로 보이는 남자였다. 오른손에 칼을 쥐고 있었다.

메카리가 간신히 권총을 꺼냈지만, 그는 이미 키요마루를 찔러버렸다.

키요마루의 목에서 피가 흘렀다.

메카리는 키요마루의 목에서 솟구치는 피를 손바닥으로 막으며, 남자에게 총을 겨누었다.

"당신은 아직 모르는 거야? 이제 이 녀석을 죽여도 100억을 받을 수 없어!"

남자는 울부짖고 있었다.

"난 7년 전에 살해당한 메구미의 아빠다!"

"뭐…!"

"부탁이야, 키요마루의 숨통을 끊어놓게 해 줘!"

이 세상에 단 한 명, 돈 때문이 아니라 단지 키요마루를 죽이기 위해 여기까지 온 남자였다.

키요마루가 딸을 죽여놓고 겨우 7년 만에 사회로 돌아왔다는 사실도 받아들일 수 없었는데, 키요마루는 곧바로 다른 여자아이를 죽였다. 그러고도 그는 전혀 반성조차 하지 않았다.

메카리도 이 남자의 마음을 이해할 수 있었다.

이 남자야말로 키요마루를 죽일 권리가 있다고 생각되었다.

"당신을 다치게 할 생각은 없어. 부탁이야, 비켜줘."

남자의 목소리는 침착했다.

메카리는 권총의 총구를 바닥으로 내렸다.

이 남자를 쏠 수는 없었다.

"그만둬!"

그때 운전석에 앉아있던 경찰관이 안전벨트를 풀고 뒤로 돌아와 큰 소리로 외쳤다.

앞뒤에 있던 경찰차에서도 경찰관들이 헐레벌떡 뛰

어왔다.

“무기를 버려라!”

경찰관들은 남자를 둘러싸고 총을 겨누었다.

그렇지만 남자는 개의치 않고 여전히 키요마루를 죽이려고 했다.

그때 경찰 한 명이 권총을 발사했다. 새벽 거리에 총성이 울려퍼졌다.

남자는 허벅지에 총을 맞고 땅에 쓰러졌다.

경찰들이 일제히 달려드는 바람에 메카리의 눈에는 남자의 모습이 보이지 않게 되었다.

그 순간 보도진이 튀어나와 일제히 카메라 셔터를 누르기 시작했다.

남자뿐 아니라 메카리나 키요마루에게도 카메라를 들이댔다.

메카리는 계속되는 플래쉬 세례로 순간 눈앞이 캄캄했다.

메카리는 천천히 몸을 일으켰다. 온몸이 아프지만 움직이지 못할 정도는 아니었다.

갑자기 메카리의 머리가 맑아지는 것 같았다.

메카리는 권총을 들고 키요마루를 일으켰다.

키요마루는 입과 목에 상처를 입고 피거품을 뿜고 있었다. 아직 호흡은 하고 있다는 증거였다.

둘은 어느샌가 보도진에 둘러싸였다.

카메라의 스트로보가 끊임없이 빛났다. TV 방송국용 카메라도 여러 대 보였다.

메카리는 키요마루를 번쩍 안아들고 경찰청 본청을 향해 걷기 시작했다. 달려온 경찰관들이 보도진을 밀어내고 메카리에게 길을 터주었다.

엄청난 숫자의 보도진이 키요마루를 안아들고 있는 메카리를 따라 이동했다.

메카리는 경찰청 본청 입구 계단을 한 걸음씩 오르며 곱씹어 보았다.

'난 드디어 여기까지 도착했다. 난 키요마루를 산 채로 여기까지 데려왔다.'

주어진 임무는 달성했다.

하지만 성취감은 조금도 느낄 수 없었다.

앞으로 키요마루는 살아남을 수 있을까?

내가 한 일에 어떤 의미가 있을까?

아내는 지금 날 보고 뭐라고 할까?

키요마루가 무슨 말을 하려는 듯 입술을 달싹거렸

다.

하지만 입에서는 피거품이 터져나올 뿐이었다.

'이 녀석이 지금 무슨 말을 하려는 거지?'

이제 아무래도 상관없었다.

빌어먹을!

911
POLICE

에필로그

"이것으로 제 임무는 끝난 것 같은데, 만족하십니까?"

회장에게 해결사로 고용되었던 사라이가 물었다.

하지만 니나가와 회장은 아무 대답도 하지 않았다. 그는 지금 TV화면을 통해 한 남자를 지켜보고 있었다.

지금 키요마루를 안고 경찰청 본청으로 들어간 남자.

그는 메카리였다.

메카리는 심각한 표정을 짓고 있었다.

그리고 슬픔에 휩싸인 듯 보였다.

얼굴에는 몇 줄기 피가 흐르고 있다. 하지만 발걸음은 흔들리지 않았다.

'난 저 남자에게 진 것인가.'

니나가와 회장은 패배감을 맛보았다.

결국 키요마루는 죽지도 않았다.

하지만 이제 와서 해결사 사라이에게 불평을 할 수도 없었다. 원하는 결과를 얻지 못한 이유는 니나가와 자신의 마음이 바뀌었기 때문이다.

메카리와의 전화 이후, 니나가와 회장의 머릿속에서는 치카의 목소리가 떠나지 않았다.

그 목소리에 마음을 고쳐먹지 않을 수 없었다.

"저는 당신의 의뢰가 결국 이렇게 끝날 줄 알고 있었습니다."

사라이는 모든 것을 초탈한 사람처럼 말했다.

"저는 결과에 만족합니다. 충분한 보수도 받았고, 모든 일은 제 예상 범위 안에 있었으니까요…."

그는 "그럼 이만"이라고 말하며 병실 입구쪽으로 돌아섰다.

지저분한 양복을 입은 악마는 회장의 병실을 유유히 빠져나갔다.

옮긴이 최재호

일본 출판물 기획 및 번역가. 중앙대학교 일어일문학과를 졸업하고, 동대학원에서 일본문화를 전공하였다. 센다이 도호쿠 대학에서 유학하였다. 번역작으로《형사의 눈빛》,《익명의 전화》,《루팡의 딸》등이 있다.

짚의 방패

초판 2020년 3월 15일 1쇄
저자 키우치 카즈히로
옮긴이 최재호
ISBN 979-11-90157-10-0 03830

출판사 도서출판 북플라자
주소 경기도 파주시 파주출판단지 문발동 638-5
홈페이지 www.book-plaza.co.kr

영화 판권, 오탈자 제보 등 기타 문의사항은 book.plaza@hanmail.net으로 보내주세요. 잘못된 책은 구입하신 서점에서 교환해 드립니다.